LA CELIMENE, COMEDIE

DE

ROTROV.

A PARIS,
Chez ANTHOINE DE SOMMAVILLE,
Au Palais, dans la petite Salle,
à l'Escu de France.

M. DC. XXXVI.

AVEC PRIVILEGE DV ROY.

A MONSIEVR LE COMTE DE NANÇAY, GRAND-MAISTRE de la Garderobe du Roy, &c.

MONSIEVR,

Quoy que ie n'aye l'honneur de vous co-gnoistre que par vostre reputation, & que la juste deffiance que i'ay de mon Esprit, m'ayt fait iusques icy redouter l'abord du vostre, si generalement estimé de tout le monde; ie ne puis toutefois refuser à ma Celimene, la permission de se presenter à vous, & de vous baizer les mains, en recognoissance de la faueur que vous luy aués faite de la loüer de quelque beauté. Vn de mes amis à qui vous auez pris la peine de parler d'elle, l'a comblée de tant de gloire, par le rapport qu'il m'en a fait, qu'elle ne peut sans ingratitude, estre sans ressentiment; outre que cét honneur luy venant de vous, luy vient d'vne personne dont la renommée a faict vn pourtraict, qui demande des adorations pour l'original. En effect, il est bien certain que la France, cette fameuse nourrice d'vne si belle, & si genereuse Noblesse, a porté des hommes qui sembloient estre nés pour la commune honte de tous les autres Royaumes, & pour la gloire du nostre: mais par quelques efforts que la nature s'y soit signalée, il faut auoüer d'vne generale confession, qu'elle n'auoit point encor mis en vne ieunesse comme la voſtre auec de ſi rares qualités du corps, vn eſprit merueilleux, vn iugement admirable, & vn courage grand, au poinct où ces conditions ſont en vous; ſi voſtre modeſtie me permettoit de vous peindre vous meſme, à vous meſme ſur voſtre reputation, ie ſerois mauuais Peintre, ſi ie ne faiſois le plus bel ouurage qu'on ayt encor entrepris; mais ie ceſſe, MONSIEVR, de parler de vous, par la crainte que i'ay de vous déplaire; ie laiſſe vn ſi bel employ à toutes les bouches de la Cour, & me contente de vous teſmoigner l'incomparable eſtime que ie faits de voſtre merite, par vn mauuais preſent: mais le plus cher que ie vous puis faire, puis qu'en effect ſoit par vne inclination aueugle, ſoit par quelque ſorte de raiſon, i'ay touſiours tenu Celimene pour la moins mauuaiſe de mes œuures, ſi vous la voyez auec ces grandes lumieres dont on vante voſtre eſprit, il eſt certain qu'elle vous deſplaira, & que vous trouueriez des taches ſur le plus beau viſage de France; mais traictés la fauorablement: Voyez-la, & ne la conſiderés pas. Enfin, MONSIEVR, laiſſés-luy l'aduantage que les fausses beautés tirent d'vn faux iour; c'est de cette sorte qu'elle vous pourra plaire, & que les deuoirs de la fille pourront obtenir au pere la permission de se dire,

MONSIEVR,

Vostre tres-humble, &
tres-obeyssant seruiteur,
ROTROV.

A MONSIEVR DE ROTROV, Sur sa Celimene.

ELEGIE.

ROTROV, ta Celimene a des vers si charmants,
Qu'on ne les sçauroit voir sans des rauissemants,
Et sans dire tout haut qu'on ne peut sans manie
Refuser les honneurs qu'on doit à ton genie.
Mais d'où me peut venir cette temerité,
De loüer par mes vers vn sujet si vanté?
Suis-ie pas ridicule, & plus que vain, de croire,
Qu'il se puisse adiouster quelque chose à ta gloire?
Elle t'est trop aquise, & tu te dois vanter,
Que le plus mesdisant ne te la peut oster.
Ne blasme point pourtant vn si mauuais ouurage,
Vne mouche sert bien à parer vn visage,
L'esclat de tes beaux vers prez des miens fera voir
Que le blanc paroist mieux, auprez d'vn peu de noir;

ELEGIE.

Les plus viues couleurs se releuent par l'ombre,
Et le iour brille plus apres vne nuict sombre.
Estime-les amy, daigne en dire du bien,
Puisque ce sont des fruicts de ton doux entretien;
Depuis sept ans entiers, ROTROV, *que ie te hante,*
Ma Muse veut parestre, & fait la suffisante,
Et croit asseurément que le plus hebeté,
Ne peut estre ignorant apres t'auoir hanté.
,, Mais pour hanter les grands on n'en est pas plus riche:
Ce Dieu qui te cherit enuers tout autre est chiche:
S'il donne à quelques-vns, il leur fait des presens
Qui seruent seulement à leur troubler les sens.
Mais ie voy qu'à toy seul Phœbus fait des caresses;
D'vne main liberale il t'offre ses richesses,
Et ne reseruant rien, il te donne le fruict,
Des plus rares tresors que l'Helicon produit;
Cela fait (cher Amy) que le monde te prise,
Qu'on adore tes vers, qu'vn chacun te courtise,
Et qu'ils ont sur mes sens aquis vn tel pouuoir,
Que ie ne sçaurois estre vn moment sans te voir.
Ie ne hante que ceux de qui ie me propose,
Par vn docte entretien d'apprendre quelque chose;
Mais pour les ignorants, ie les sçay desdaigner,
Ie fais gloire d'apprendre, & non pas d'enseigner;
Si comme toy i'estois au bout de la carriere,
I'aurois pitié de ceux que ie verrois derriere:

Et

Et pouuant approcher de ta capacité,
Ie les aßisterois par generosité;
C'est ainsi, cher ROTROV, que ton secours i'implore,
Instruits moy, ie te prie, aux choses que i'ignore;
Monstre moy la façon de polir vn escrit,
Et de faire à chacun admirer mon esprit.
De tenir tout le monde enchaisné par l'oreille:
D'vne chose commune, en faire vne merueille:
De rendre comme toy les hommes asseruis;
Et de rauir les sens, comme tu les rauis.
Mais quand tu tascherois à releuer ma veine,
Tu n'y ferois que perdre, & ton temps, & ta peine,
Et tout ne seruiroit qu'à faire seulement
Cognoistre plus à clair mon peu de iugement.
Mais tous n'ont pas le droit de monter sur Parnasse:
Pense-t'on que les Dieux facent à tous la grace,
De les rendre sçauans en cet art merueilleux?
Il est benin aux vns, aux autres perilleux.
Moy ie suis de ceux-là que la docte Deesse,
Autant comme elle peut, traite auecque rudesse:
Et si pas vn de ceux qui respirent le iour,
Pour les hommes d'esprit n'eut iamais plus d'amour;
Ie hay les ignorants, dont l'aueugle manie
Les porte à mespriser l'art diuin d'Vranie.
I'approuue fort l'honneur qu'aux bons Poetes l'on rend,
Et ie ne pense point passer pour ignorant.

ELEGIE.

Puisque i'ay bien l'esprit de sçauoir recognoistre,
Ceux qui sont estimez, & ceux qui doiuent l'estre;
Touts les esprits communs me sont indifferents.
Quand ie voy la vertu loger parmy les grands,
Lors ie leur fais la Cour, ie prise leurs caresses,
I'estime leur esprit, & non pas leurs richesses;
Si l'on me voit par tout adorer comme vn Dieu,
Ce fameux Cardinal, ce docte RICHELIEV,
Croy que ie ne fais point la Cour à sa fortune.
Ses rares qualitez, sa vertu non commune,
Et son esprit diuin, ont pour moy des appas,
Que sa grandeur, sa pourpre, & sa faueur n'ont pas.
C'est par là seulement, ROTROV, *que ie veux croire,*
Que ie dois meriter quelque espece de gloire,
Qu'on ne doit point du tout mespriser mon humeur,
Puis qu'on me voit cherir vn si docte rimeur;
Et ie te veux iurer quoy que tu sçaches dire,
Que ie croy mieux valoir depuis que ie t'admire.
Ie pense estre sçauant pour sçauoir t'estimer,
Et que la Vertu gist seulement à t'aymer,
A priser ton merite, & que c'est trop pour estre
Au delà du commun, de te pouuoir cognoistre.
Si les Dieux de la terre estoyent faicts comme moy,
On te feroit la Cour plus qu'on ne fait au Roy.
Pour moy ie recognoy l'excez de ma misere,
Ie blasme le destin de m'estre si seuere,

De m'auoir tellement mis l'esprit de trauers,
Qu'il ne puisse enfanter le moindre de tes vers.
Que me sert mal-heureux, de prendre tant de peine.
Pour tascher d'imiter & ton stile, & ta veine?
Si ie suis mauuais singe, & si ie ne puis pas
Te suiure que de loing, ny marcher sur tes pas,
C'est de mon peu d'esprit une preuue assez ample,
De n'estre pas sçauant aupres d'vn tel exemple.
Pour moy si i'estois Roy ie voudrois faire vn vœu,
De ne donner iamais l'Ordre du cordon bleu,
Qu'à ceux que le merite & la valeur appelle
A posseder le prix d'vne gloire immortelle.
Pour me plaire il faudroit que leur esclat vint d'eux,
Sans tirer leur splendeur des faits de leurs ayeux.
Si quelqu'vn d'eux s'est veu signalé dans l'histoire,
Les siens heritent-ils pour cela de sa gloire?
Quelqu'vn d'eux quoy qu'il soit sans adresse & sans (cœur,
Croira deuoir passer pour homme de valeur;
L'insolent pensera par vn orgueil extresme,
Meriter que l'honneur en reuienne à luy-mesme:
Et fera quoy qu'il ait le courage abatu,
Passer cette valeur pour sa propre vertu.
Tout de mesme le mal nous est hereditaire,
Le Fils porte souuent l'iniquité du Pere,
Et s'il est vertueux, il n'a rien merité,
Parce que son ayeul ne l'aura pas esté.

ELEGIE.

C'est vn tres grand defaut de ce siecle où nous sommes,
On n'y fait plus d'estat du merite des hommes,
Et de tous les mortels les plus defectueux,
Quand ils sont opulens sont assez vertueux.
On les estimera, si leur effronterie
Leur fait mal à propos dire vne raillerie:
Ou l'esprit le mieux fait passera pour vn sot,
On se rira de luy s'il dit quelque bon mot,
S'il n'est respectueux, s'il ne baisse la veuë,
Si deuant vn brutal il n'a la teste nuë;
S'il ne rend des deuoirs bien plus abjets encor,
Bref comme les Hebreux s'il n'adore vn veau d'or;
Vn qui peut-estre aura moins que luy de naissance;
Dont le pere aura mis les mains dans sa finance,
Et qui n'auroit de soy dequoy se signaler,
Si son pere se fust empesché de voler.
Ie confesse pour moy que i'ay trop de courage,
Pour iouër aysément ce lasche personnage.
Ie ne sçaurois souffrir qu'vn me donne la loy,
Qui sans cette faueur seroit moindre que moy:
Mais quoy, dans le tracas de la Cour où nous sommes;
Tous se rendent sujets au caprice des hommes.
Il faut estre d'accord auec ce qui leur plaist,
Publier vn sujet plus laid, ou beau qu'il n'est;
Vanter le plus souuent vne extresme sotise,
Et blasmer vn discours encor qu'il soit de mise.

Si celuy qui l'a dit n'est pas au gré de tous,
Ou si pour le loüer on fait quelque ialoux,
Dont la condition est plus considerable;
Dy moy, n'est-ce pas estre en ce point miserable,
D'auoir l'esprit seruile, & gesné tellement,
Qu'on ne puisse parler selon son sentiment?
Apres cela vantez les biens de la fortune,
Son aueugle faueur me fasche, & m'importune:
Toute aymable qu'elle est, i'aymerois mieux mourir,
Que de faire iamais vn pas pour l'acquerir.
Elle est tousiours tardiue, & le plus souuent vaine:
Nous languissons apres vne attente incertaine,
Car la mort nous surprend, & nous nous tourmentons,
Pour ce qui ne nous vient que lors que nous partons.
C'est lors que sa rigueur nous est bien plus sensible:
Plusieurs trauailleront autant qu'il est poßible,
Qui n'attraperont rien; aux autres seulement,
Les biens, & les honneurs arriuent en dormant;
Ie voy que c'est par tout que regne l'iniustice,
La Fortune & Phœbus, sont sujets au caprice:
L'vne faict à plusieurs souuent perdre les pas,
Esleuant aux honneurs ceux qui n'y pensent pas.
Et de mesme ie voy qu'Apollon & Minerue
Donnent à qui leur plaist la faconde & la verue,
Desniants leurs faueurs à mille esprits diuers,
Qui se lassent en vain à vouloir faire vn vers.

Phœbus est trop exact, & l'on voit la fortune
Estre à ses courtisans encore plus commune.
Nous voyons à milliers les hommes prosperer,
Et quelques-vns d'entre eux n'ont rien à desirer;
Mais vn esprit parfait est extremement rare,
Apollon est cent fois de ses biens plus auare,
Que n'est cette inconstante, & l'on voit aiourd'huy
Que plusieurs sont contents, plus d'elle que de luy.
Au moins ay-je eu l'honneur dés mon apprentissage,
D'auoir eu de ses mains vn tres bel aduantage:
Pouuoit-elle me mettre en vn plus digne lieu,
Qu'en me faisant cognoistre à ce grãd RICHELIEV?
Pouuoit-elle se rendre à mes vœux plus propice,
Que de m'auoir iugé digne de son seruice?
Si donc i'ay receu d'elle vn si bon traitement,
Que ne dois-je esperer d'vn tel commencement?
I'ay du sujet assez d'estre satisfait d'elle,
D'esleuer à son nom vne gloire immortelle.
Mais non pas à Phœbus: tous les iours dans Paris,
Ie hante ses mignons, ie voy ses fauoris:
Et pour les imiter nuict & iour ie trauaille,
Et si ie ne puis rien imaginer qui vaille;
Tant plus i'y prens de peine, & tant plus ie cognoy,
Que toutes les neuf sœurs sont ingrates pour moy;
Et si ie suis si vain, que ie n'ay cognoissance
Ny de mon peu d'esprit, ny de mon ignorance,

Que quand ie ly tes vers, ROTROV, qui sont si doux,
Que ie ne puis celer que ie n'en sois ialoux.
Quand ie les oy pourtant tonner sur vn theatre,
Ie suis rauy d'en voir tout le peuple idolatre,
Je prise seulement de tous les spectateurs,
Ceux qui de tes beaux vers sont les admirateurs;
Mesme tes enuieux sçauent que ie m'irrite,
Quand i'entends froidement parler de ton merite:
Et l'estime qu'en font tes amis plus parfaits,
Est encore au dessous de celle que i'en faits.
Vn ouurage poly, de quelque main qu'il vienne,
Ne me peut contenter s'il ne sort de la tienne.
Ce que mille autres font, me semble impertinent,
Le discours plat & rude, & le vers mal sonnant.
C'est pourquoy, cher amy, contente mon enuie,
Trauaille incessamment, le peuple t'y conuie;
Puis qu'en si peu de temps tu fais tant de beaux vers,
Tu respondras vn jour des momens que tu pers:
Les employant ailleurs, ce sont, tu le dois croire,
Autant de purs larcins que tu fais à ta gloire:
Cessant de trauailler, c'est vn illustre enfant,
Que tu mettrois au iour que tu vas estouffant.
Rauy tousiours nos sens du doux fruict de tes veilles,
Et ne te lasse point de faire des merueilles.
Tu feras plus pour toy, car cette charité
T'ouurira le chemin à l'immortalité.

FIN.

ACTEVRS.

CELIMENE.	
FLORANTE.	Niepce d'Orante.
ORANTE.	Tante de Florante.
FILANDRE.	Seruiteur de Florante.
FELICIE.	Sœur de Celimene.
ALIDOR.	seruiteur de Celimene.
LYSIS.	seruiteur de Felicie.
FLORIDAN.	Florante en habit d'homme.
LE LACQVAIS.	

LA CELIMENE COMEDIE.

ACTE PREMIER.

SCENE PREMIERE.

FLORANTE. ORANTE sa tante.

FLORANTE.

VOVS goustez bien icy les douceurs de la vie,
Souffrez, que ie vous parle auec vn peu d'enuie;
Que ces lieux sont charmans! au prix de vos maisons,
Les villes à mes yeux ne sont que des prisons.

Icy, tout m'entretient, tout me rit, tout m'enchante,
La diuerſité meſme à mes yeux ſe preſente;
Et de quelque coſté que ie dreſſe mes pas,
La ſolitude, en ſoy, ne ſe rencontre pas.
La ſeule peur que i'ay de vous eſtre importune,
Modere les douceurs de ma bonne fortune.
Ma Tante, Vous pourrez par vn mot ſeulement
Borner cette viſite, & mon contentement:
Car ſi vous eſperez de la voir terminée,
Sans auoir la deſſus la ſentence donnée,
Vous voulez qu'vn captif eſchappé de ſes fers,
De ſoy-meſme s'expoſe aux maux qu'il a ſouffers.

ORANTE.

Ie commence à vous voir, & vous n'auez qu'à peine
Ceßé de reſpirer le doux air de la Seine.
Vous arriuez, ma fille, en cét heureux ſejour,
Et vous pouuez deſja me parler du retour:
Non ſi ce lieu vous plaiſt, n'en habitez point d'autre,
Et prolongez mon bien en prolongeant le voſtre.
Mon inclination ſecondera vos vœux,
Et touſiours vos parens voudront ce que ie veux.
Ce lieu, comme Paris, a toutes ſes delices,
La Cour n'a rien de plus, que des ſoins & des vices;
Il fournit aux eſprits des diuertiſſemens,
On y voit des beautez, on y voit des amants.

On entend cõme ailleurs des plaintes de leurs bouches,
Et rien n'est insensible en ces bois que les souches.
Entre-eux vn jeune Amant vous plaira dessus tous:
Car son humeur est telle, & son esprit si doux,
Que si vous n'enuiez l'honneur de sa Maistresse,
Il est bien mal-aysé qu'vn autre object vous blesse.
Pourquoy rougissez-vous?

FLORANTE.

Ce deffaut indecent,
Paroist sans mon adueu sur ce front innocent.
Ie rougis, quoy qu'on die, & quoy qu'on me propose,
Sans en pouuoir moy-mesme imaginer la cause.

ORANTE.

Vous la sçauez pourtant; c'est que iusqu'à ce jour,
On ne vous a parlé ny d'Amant, ny d'Amour;
Vous ignorez ces noms, & dans cette innocence,
Le discours que ie faicts vous trouble, & vous offence.

FLORANTE.

Que n'est-il vray, Filandre?

ORANTE.

Haussez vn peu la voix.

FLORANTE.

Ie dy qu'il fait beau voir l'épaisseur de ce bois,

Et ces oyseaux diuers dont la douce musique
Resjoüyroit l'esprit le plus melancolique.

ORANTE.

O Dieux qu'elle est rusée! il est vray que leurs chants
Rendent Paris jaloux de la douceur des champs.
Aussi mille Amoureux, en cette solitude
Viennent perdre leurs soings, & leur inquietude!
Ces lieux ont chaque jour de nouueaux habitans,
Ils y viennent faschez, & s'y treuuent contens.
Les cœurs sont enchantez de l'air qu'on y respire;
Chacun y faict l'amour, peu de monde y souspire.
Ce Dieu de tous ses traicts y choisit les meilleurs,
Il est Roy parmy nous, il est tyran ailleurs.
Mais entre les Amants, qui viennent sur ces riues,
Aux doux chants des oyseaux, joindre leurs voix pleintiues.
Filandre, vn Caualier, de qui les qualitez
Ont du Ciel & du Sort les efforts limitez.

FLORANTE.

Comment le nommez-vous?

ORANTE.

Filandre.

FLORANTE tout bas.

O le perfide!

ORANTE.

Tousiours triste, & pensif, & tousiours l'œil humide,
Rend tous les cœurs atteints d'amour, & de pitié,
Si le Ciel les a faicts capables d'amitié.
La plus forte froideur, cede à son eloquence,
Et contre ses escrits vne ame est sans deffence,
I'en liray quelques-vns, Escoutez;

FLORANTE.

O malheur!

ORANTE.

Son visage à ces mots a changé de couleur.

FLORANTE tout bas.

On m'a pris mes papiers.

ORANTE lit.

Adorable Maistresse,
Il est vray.

FLORANTE.

C'est à vous que cét escrit s'adresse?

ORANTE.

Non, vous l'allez apprendre.

Lettre de Filandre, à Florante.

ORANTE *la lit.*

ADorable Maistresse,
Il est vray que la Cour,
Offre aux yeux mille objets d'amour:
Mais l'extresme tristesse
Que j'ay de ton esloignement,
Ferme les miens ou les desment,

Rien ne touche mon ame,
Aux lieux où tu n'es pas,
Rien ne me plaist que tes appas.
Tu partages ma flamme,
Partage mon humeur aussi
Et vy, comme ie fais icy.

FILANDRE.

Elle continuë.

A-t'il bien exprimé la douleur qui le presse?
Et sçait-il bien toucher le cœur d'une Maistresse?

FLORANTE.

Si bien, que ce perfide est le seul qui luy plaist,
Et qu'elle l'ayme encor, tout vollage qu'il est,

Tous les jours ses escrits luy font verser des larmes,
Et l'ingrat porte ailleurs son amour, & ses charmes.

ORANTE.

Vous sçauez donc son nom?

FLORANTE.

Vous le sçauez aussi;
Las, ie n'ay point dessein de cacher mon soucy.
Ie vous dois confesser le mal qui me possede;
Ie sçay qu'il faut parler pour trouuer du remede.
Et c'est l'intention de ce cœur desolé;
Ie ne me taisois pas, mes yeux vous ont parlé.
Mon mal a sur mon front escrit sa violence,
Vous ne pouuez qu'à tort condamner mon silence.
Il est vray que Filandre a ce cœur enflammé;
I'ayme, ie le confesse, hé qui n'a pas aymé?
I'ay resisté long-temps à cette ardeur secrette
Et mon intention n'a pas faict ma desfaicte.
La force du vaincœur, excuse le vaincu,
Ie cognois maintenant l'erreur où i'ay vescu;
Ie croyois que l'Amour n'estoit qu'vne chymere,
Que l'esprit se forgeoit pour se laisser desfaire:
Que l'estre de ce Dieu consistoit en pourtraicts,
Ie ne craignois alors, ny son arc, ny ses traicts.
Et lors que ie voyois mes compagnes atteintes,
Ie blasmois leurs souspirs, & i'accusois leurs pleintes.

Mais i'ignorois le mal qui m'estoit destiné,
I'authorise à present ce que i'ay condamné.
Ie croy qu'on me doit pleindre, & que sans injustice,
La plus froide ne peut accuser mon caprice.
Dieux! combien ie perdrois, en perdant ces escris.
Qui vous les a baillez, & qui me les a pris?

ORANTE.

Moy-mesme en vos habits, quand vous fustes couchée;
Et c'est où i'ay cogneu, qu'Amour vous a touchée.
Certes ie fais estat de vostre eslection,
On ne peut condamner cette inclination.
Filandre, est d'vne humeur & d'vn esprit aymable,
Et sa condition à la vostre est sortable.
Il merite beaucoup: mais en peu de discours,
Contez-moy de vos vœux la naissance & le cours.

FLORANTE.

En vn bal dont Tirsis honoroit Lisimene,
Ie vis, & i'admiray, cét autheur de ma peine.
Il me pleût (ie dy tout) & ie ne pourrois pas
Conter ses complimens, ny figurer ses pas.
Son adresse à dançer n'auoit point de seconde,
Et sa grace attiroit les yeux de tout le monde.
Il remplissoit les cœurs d'ayse & d'estonnement,
Et tout l'honneur du bal, fut pour luy seulement.

L'Amour

L'Amour fit naistre en luy des ardeurs mutuelles,
Il quitta pour le mien, l'entretien des plus belles.
Ie sçay bien qu'il m'aymoit, & sans presomption,
Je m'asseuray depuis de son affection.
Ses discours n'estoient pas mon plus seur tesmoignage,
Ses moindres actions m'en disoient dauantage,
Sa peine, & ses deuoirs m'ont confirmé ce poinct,
Ses pleurs m'en asseuroient, quand ie ne riois point.
Et de tous les mortels, c'est le plus detestable,
S'il ne sentoit alors vne ardeur veritable:
Mais que c'est vn esprit sujet au changement!
Dieux! il vient, ie le voy.

ORANTE.

Cachez-vous seulement.
Elle se cache derriere des arbres.

SCENE DEVXIESME.

FILANDRE. ORANTE.

FILANDRE.

*Q*V'on void changer souuent,
L'estat de nostre vie,
Tousiours de quelque vent,
Sa bonnace est suiuie,

Et l'on void rarement le soir, & le matin,
Dépendre d'vn mesme Destin.
Ie suis heureux vn iour,
L'autre ie suis en peine;
I'ay donné de l'amour,
Ie donne de la hayne.
Florante m'adoroit; ie l'adorois aussi,
Mais i'ayme, & l'on me hait ici.

Il continuë.

Doux ennuys toutesfois, & bien-heureuse hayne!
Si ie touche à la fin le cœur de Celimene.
La peine & les efforts de l'acquisition,
Sont vn doux souuenir, en la possession.

ORANTE l'abordant.

Qui te rend si pensif?

FILANDRE.

Vne ingratte Maistresse;

ORANTE.

Etouffe tes souspirs, & banny ta tristesse,
Tout succede à tes vœux.

FILANDRE.

O Dieux! qu'ay-ie entendu?

ORANTE.

Et l'on veut t'accorder le bon-heur qui t'est deu;
Ta Maistresse aujourd'huy fauorise ta flame.

FILANDRE.

Que i'ay d'impatience; auez-vous veu Madame?

ORANTE.

Oüy, i'ay veu plus encor:

FILANDRE.

Et quoy?

ORANTE.

Certains escrits
Qu'elle tenoit bien chers, & qui m'ont tout apris.
O le charmant esprit, que celuy de Filandre!
Qui ne luy cederoit, qui s'en pourroit deffendre?
Combien ceste beauté montre de iugement
En l'acquisition d'vn si parfaict Amant!

FILANDRE.

Epargnés mes ennuys, heureuse, & sage Orante,
Ie suis trop asseuré de sa haine apparente,
Elle rit de mes vœux la superbe qu'elle est.
Et son propre merite, est tout ce qui luy plaist.

Vous voulez que i'espere, & ceste ame inhumaine
Me deffend seulement de parler de ma peine:
L'insensible, causant ce qui me fait mourir,
A peur de le sçauoir, de peur de le guerir.

ORANTE.

Vne fille, Filandre, est d'humeur plus discrette
Que de pouuoir si-tost aduoüer sa deffaicte.
Elle cache son feu, mais le sent en effect,
Et le confesse tard à celuy qui l'a faict.
Il en a rarement la premiere ouuerture;
La beauté que tu sers est de ceste nature.
Elle te parle peu, mesme fuit ton abord,
Comme d'vn doux meurtrier, qui luy donne la mort.
Mais croy que ses desdains, sa fuite, & son silence,
De son affection prennent la violence.
Elle s'est declarée, & ne me croy iamais,
Si ton cœur n'est l'object de ses plus doux souhaits;
Me remercieras tu, si de sa propre bouche
Tu sçais dans vn moment, que ton amour la touche?

FILANDRE.

Ie vous adorerois.

ORANTE luy monstre Florante.

Adore ses appas,

La voilà ; que faits-tu ? tu ne l'abordes pas ?
Quelle humeur a si tost ton ame refroidie ?

SCENE TROISIESME.

FILANDRE. FLORANTE. ORANTE.

FLORANTE.

TRaistre, que tu sçais mal cacher ta perfidie !
Es-tu sans artifice ? & puis-je auoir surpris
L'excellence, & l'honneur, des plus rares esprits ?
Au moins, qu'vn ris forcé te change le visage !
Tesmoigne du plaisir, & benys mon voyage.
Dy que tu souhaittois ce bon-heur sans pareil ;
Approche, appelle moy tes yeux & ton soleil !
Quoy, tu ne peux forcer cette inutile honte ?
Et ta voix quelquefois se donne à si bon conte.
Tu treuuois à Paris des traits si delicats,
Et tu m'as sçeu si bien prouuer ce qui n'est pas.

FILANDRE.

O Dieux, ie voy Florante !

FLORANTE.

Il va conter merueilles,
Et sa fidelité n'aura point de pareilles.

FILANDRE.

Me dispenserés-vous de discours superflus?
Le diray-ie en vn mot, ie ne vous ayme plus.

FLORANTE en riant.

O sensible douleur! ô perte irreparable!
Est-il à mes ennuys vn tourment comparable.
Qui m'ouure les enfers? qui me perce le sein?

FILANDRE.

O vous n'en mourés pas!

FLORANTE.

Ce n'est pas mon dessein.

FILANDRE.

Il est vray que vos yeux ont des graces exquises,
Qu'vne autre ne peut mieux meriter nos franchises,
Et que vous comparant à celle qui m'a pris,
On auroit de la peine à qui donner le pris.
Mais quelques doux appas, dont vous soyez pourueuë
En m'ostant la raison, l'amour m'osta la veuë.
Ie prefere ma Dame à toute autre beauté,
Mes yeux sont esbloüys, & mon cœur enchanté;
I'accorde, que ie quitte vn bien incomparable,
Pour semer sur du vent & bastir sur du sable.

Ie receurois chez vous des traictemens meilleurs,
Mais vn secret destin porte mes vœux ailleurs.

FLORANTE.

Dy qu'vn secret destin, porte ailleurs ta folie:

FILANDRE.

Florante est tousiours gaye, & sans melancholie.

FLORANTE.

Non, non, croy qu'en riant ie dy la verité,
Et qui ne riroit pas de ta legereté?
Quelle plaisante humeur agite ainsi ton ame?
On pourroit l'excuser en l'esprit d'vne femme,
Puisque selon l'erreur de vostre iugement,
Elle est de son instinc sujete au changement.
Mais que ces esprits forts, ces miroüers de constance,
Fassent au moindre vent si peu de resistance;
Que leur fidelité manque aux premiers effets,
C'est vn suiet de rire ou l'on n'en eust iamais.

FILANDRE.

Si tu considerois combien l'absence est forte,
On ne te verroit pas discourir de la sorte.
Ta presence auroit pû diuertir ce mal-heur:
Car qui void le Soleil, sent tousiours sa chaleur.

Mais quand on s'en esloigne, & qu'vn espais nuage
Arreste son effect, & cache son visage,
Alors on obeït à la necessité;
Et recourir au feu n'est pas legereté.

FLORANTE.

Il est vray, ton amour est la constance mesme!
Traistre i'estois absente, & tu voys que ie t'ayme.
J'ay les mesmes ardeurs, & le mesme soucy:
I'ay vescu sans te voir, & sans changer aussy.
Sans te voir! ie mabuse, & ma triste pensée
M'a tousiours de Filandre vne image tracée:
Ie t'ay veu tous les jours, ie t'ay parlé cent fois.

FILANDRE.

Il ne m'en souuient point:

FLORANTE.

Mais sans yeux & sans voix,
Je n'estois pour mon mal que trop ingenieuse,
Ma memoire trop bonne, & trop officieuse.

FILANDRE.

Et moy ie ne sçaurois me vanter de ce poinct,
I'ay bien-tost oublié ce que ie ne voy point.
Excuse en ton malheur ma memoire infeconde
Ou que de ce deffaut la nature responde.

Mais

Mais le voy Celimene, admire sa beauté,
Et ne condamne plus mon infidelité.

FLORANTE.

Va, Barbare à mes yeux, luy conter ton martyre,
Obtien de cét objet ce que ton cœur desire ;
I'y consents, infidelle, adore ses appas.

FILANDRE allant à Celimene.

Tu profiterois peu de n'y consentir pas.

FLORANTE.

Cachons-nous pour l'oüyr.

Elle va dans les arbres.

SCENE QVATRIESME.

CELIMENE. FILANDRE.

FILANDRE.

ADorable merueille !
En beauté sans exemple, en rigueur sans pareille.
Quand voulez-vous tarir la source de mes pleurs ?
Quand sera vostre esprit sensible à mes douleurs ?
Ces rochers orgueilleux en des ruisseaux se fondent,
Ils entendent mes cris, leurs Echo me respondent,

Et quand i'ay demandé, si mon mal inoüy
Finiroit quelque iour, elles m'ont dit oüy.
Vous conseruez pourtant vostre rigueur extresme,
Et ie n'ose esperer que vous parliez de mesme.

CELIMENE.

Où peut estre ma sœur?

FILANDRE.

I'implore du secours,
Aymable Celimene, entendez mes discours.

CELIMENE.

L'auez-vous veuë icy?

FILANDRE.

Vous me fermez l'oreille,
Pour ne pas aduouër mon ardeur sans pareille.

CELIMENE.

Où la puis-ie treuuer?

FILANDRE.

Dieux que de cruauté!
Ie parle de mon mal, inhumaine Beauté.

CELIMENE.

Ie la cherche par tout.

FILANDRE.

Cruelle, oyez ma plainte.
Donnez vn mot, au mal dont mon ame est atteinte.

CELIMENE.

Dieux que ces importuns me dérobent de temps,
Ie les fais tous souffrir, ils sont tous mescontens.
Ce n'est que de mon cœur que leurs plaisirs dependent,
Ie n'en possede qu'vn, & tous me le demandent.
Qui le doit obtenir? qui seront les jaloux?
Nul de vous ne l'aura pour vous accorder tous.

FILANDRE.

Comparez nos tourmens, considerez nos peines,
S'ils ont versé des pleurs i'en verse des fontaines,
S'ils sentent quelque ardeur, ie me sens consommer,
Ils ayment froidement, & ie sçay seul aymer.

CELIMENE.

Tous en disent de mesme.

FILANDRE.

Et seul ie le dois dire;

Si la plainte est plus iuste où la fortune est pire.
Philandre sçait mourir, s'ils sçauent endurer,
Son inclination ne se peut comparer.
Pour vous i'ay violé l'amitié la plus saincte,
Dont iamais icy bas vne ame fut atteinte.
Il n'estoit rien d'égal à mes contentemens,
Ie causois de l'enuie aux plus heureux Amans.
Ie pouuois loin de vous deffier la Fortune,
I'obligeois trop Florante, & ie vous importune.
Tous mes vœux l'honoroient, & vous les refusez.
Ie les voyois cheris, ie les voy mesprisez.

CELIMENE.

Adieu, ie hay l'amour d'vn esprit infidelle,
Et ie ne pretens rien au bien de cette Belle.
Reportez-luy ce cœur que vous me presentez;
Vous me pourriez quitter comme vous la quittez.

Elle s'en va, & Filandre demeure confus.

SCENE CINQVIESME.

ORANTE. FLORANTE. FILANDRE.

FLORANTE sortant d'entre les arbres.

Qu'il est satisfaict! & qu'il profite au change!
Soy-mesme il se punit, & m'offençãt me vãge.

L'abordant.

Filandre, qui me sprise est en fin mesprisé.

FILANDRE.

Ie n'attendois pas mieux que d'estre refusé.
Et ie iure le Ciel, que s'il m'estoit possible,
Ie me desgagerois de cette ame insensible.
Que ce cœur brusleroit de ces feux anciens,
Que ie m'enchaisnerois de mes premiers liens.

FLORANTE.

Oüy, si la chaisne aussi t'estoit encore offerte;
Et si ie desirois de recouurer ma perte.
Mais ce soing me trauaille assez legerement,
Un bien que chacun fuit se conserue aysément.
I'ay veu le peu d'estat qu'on fait de ton seruice,
Et ie ne crains pas fort qu'aucune te rauisse.

Ie meure, il est biẽ vray que l'Amour n'a point d'yeux;
Ie reputois jadis mon destin glorieux.
Quand ton affection s'offroit à ma memoire,
Je croyois tout Paris enuieux de ma gloire.
Que Filandre escriuist, que Filandre parlast,
Ie ne croyois iamais qu'vn autre l'égalast.
Opinion bien fausse! & que ie n'ay plus euë,
Depuis que la raison m'a desillé la veuë.
Ie n'estime plus tant les charmes de ta voix,
Ie m'estonne bien plus de l'erreur où i'estois.
Mon ame s'est renduë à de foibles atteintes;
Tu sçais mal caresser, & mal faire des plaintes.
Ne figurant pas mieux ta peine & ton soucy,
Celimene a raison de te traicter ainsi.
Tu luy parlois de pleurs, & c'est honte à Filandre,
D'estre creu seulement capable d'en respandre.
Est-ce par ces discours, & par cette action,
Qu'vn homme doit prouuer son inclination?
Me tenant ces propos, (permets moy de le dire)
De si froids compliments m'exciteroient à rire.

FILANDRE.

Espargne vn malheureux, & quelque qualité,
Dont jadis ton esprit ayt le mien enchanté.
Croy que tu pourrois peu sur cette ame inhumaine,
Qu'en mon lieu, tu serois en vne mesme peine.

Elle n'estime rien que ses propres appas,
Venus sous mes habits ne la toucheroit pas.
Tous objets sont communs à ce cœur insensible.

FLORANTE.

Et si ie luy plaisois,

FILANDRE.

Tu ferois l'impossible.

FLORANTE à Orante.

Madame, agrerez-vous ces diuertissemens,
Que Filandre m'enuoye vn de ses vestemens.
Vous rirez de la feinte, & ie suis assez vaine,
Pour esperer l'honneur de toucher Celimene.
Sous le tiltre d'Amant & d'vn de vos nepueux,
Croyez qu'en peu de iours i'obtiendray de ces vœux.
Ie n'arriuay qu'hier, & n'estant pas cogneuë,
Il m'est aysé de feindre & de tromper sa veuë.

ORANTE.

Ce diuertissement ne peut estre que doux,
De voir Florante amant, & Filandre jaloux.

FILANDRE.

Ta force en cét effet seroit incomparable,
Tu ne me serois plus qu'vn objet adorable.

De tels vœux dependroit tout mon contentement,
Et ie mespriserois l'Amante pour l'Amant.

FLORANTE.

Ie ne t'oblige à rien, & faicts cette entreprise,
Sans dessein que ton cœur me rende sa franchise.
Ne dy point qui ie suis aux Beautez de ce lieu,
Et m'enuoye vn habit.

FILANDRE.

Dans vn moment.

FLORANTE.

Adieu.

Fin du premier Acte.

ACTE II.

SCENE PREMIERE.

CELIMENE. FELICIE Sœurs.

CELIMENE.

POurquoy m'accusés-vous de trop de retenuë?
Ie ne reserue rien, & mon humeur est nuë.
Qui peut (si ce n'est vous) cherir mes interests?
Et qui doit que ma sœur partager mes secrets?

FELICIE.

Quelque si libre humeur dont vn esprit puisse estre,
Il est bien mal-aysé qu'il fasse tout paroistre.
Tousiours quelque secret se reserue au dedans,
Qui mesmes n'est pas sceu des plus chers confidens.
Et sur tout en amour la plus libre est secrette,
Et comme elle est aueugle elle est aussi muette.
On ne s'oze fier à son meilleur amy,
Et le cœur le plus franc ne s'ouure qu'à demy.

Posseder tant d'attraits, estre si recherchée,
Captiuer mille esprits, & n'estre poinct touchée!
Ha ma sœur! croyez vous qu'on le puisse estimer?
Le Ciel vous a-t'il faicte incapable d'aymer?
Euitez-vous les coups dont toutes sont blessées?
Et n'eustes-vous iamais de pareilles pensées?
L'Amour est vn archer qui n'a iamais failly.
Si le cœur ne se rend quand il est assailly,
Il prend vne autre voye, il le force, il le blesse,
Et l'orgueilleuse alors recognoist sa foiblesse.
Si vous ne vous rendiez aux amants de ces lieux,
Ce Dieu pour vous toucher susciteroit des Dieux.
Il faut que tout deffere à sa force indomptée,
Et son intention ne peut estre euitée.

CELIMENE.

Il est maistre des cœurs qui se laissent dompter.
Mais quand on le veut fuïr, on le peut éuiter.

FELICIE.

Ce Dieu, comme il luy plaist atteint les plus cruelles,
On prend la fuitte en vain (ma Sœur) il a des aisles.

CELIMENE.

Mais les aisles qu'il a sont courtes quand il naist.
Cét enfant vole-t'il, foible encor comme il est?

FELICIE.

On ne sent pas l'Amour au poinct de sa naissance,
Et qui ne le sent pas ne craint point sa puissance.

CELIMENE.

Mais si-tost qu'on le sent on l'éuite aysément.

FELICIE.

Alors il sçait vôler, & l'on fuit vainement.

CELIMENE.

Aussi ie n'ay iamais sa force mesprisée,
Et mon ame à ses traicts est toute disposée.
Mais de les preuenir, les prendre en son carquois,
Et de ma propre main me ranger sous ses loix.
Qui me voudroit (ma Sœur) conseiller de le faire,
Ne me donneroit pas vn aduis salutaire.
I'approuue qu'vn Esprit mette les armes bas,
I'approuue fort aussi qu'il ne se rende pas.
Ie n'aymeray iamais qu'Amour ne m'ait blessée.
Si ie luy dois ceder, i'y veux estre forcée.

FELICIE.

Auoüez, toutesfois, que parmy tant d'amans,
Qui reuerent en vous des attraits si charmans,

Il s'en trouue quelqu'vn, qui vous plaist dauantage,
Et dont plus volontiers vous agreériez l'hommage.

CELIMENE.

Alidor vaut beaucoup.

FELICIE.

Que ses attraits sont doux!

CELIMENE.

Mais ie le voids qui vient, ma sœur, retirons nous.

FELICIE.

Craignez-vous son abord?

ALIDOR.

Ie la void l'inhumaine.

FELICIE à Alidor.

Ie trauaillois pour vous, mais i'ay perdu ma peine.

SCENE DEVXIESME.

ALIDOR. LYSIS son amy.

ALIDOR.

Helas! cruël amy, que ma douleur te plaist!
Void cõme elle me fuit, l'insensible qu'elle est!
Et tu dis que le temps la rẽdra plus traictable!
Tu retardes l'arrest de mon sort lamentable!
Tu me retiens le bras, tu differes ma mort:
Tu voy, tu voy Lysis, si ie me plains à tort.

LYSIS.

Alidor, elle est fille, & la fille est changeante,
Nous la verrons vn iour t'estre plus indulgente.
Le temps amolira ce courage inhumain,
Elle fuit aujourd'huy, tu l'atteindras demain.
Il faut long-temps souffrir, la respecter, la craindre,
Ne l'auoir point suiuie est vn pas pour l'atteindre.
Les preuues de respect sont de puissans appas,
Tu t'esloignerois d'elle ozant suiure ses pas.
Fay tes vers seulement, resue sur sa loüange,
Prefere ses attraits à la beauté d'vn Ange.

Parle de son esprit, de son teint, de sa voix,
Puisque c'est le dessein qui t'ameine en ces bois.
Descri tous les attraits dont le Ciel l'a doüée,
Vne fille, Alidor, ayme d'estre loüée.
Tu traictes sans dessein mille subjects diuers,
Et ta Maistresse encor n'a point eu de tes vers.
Ne crains point de faillir, ny de perdre ta peine,
On n'estime aujourd'huy que les fruicts de ta veine.

ALIDOR.

Il est vray que i'ay l'art de flatter qui me plaist,
Ie peints quād bō me semble vn œil plus beau qu'il n'est.
Ie dore des cheueux, ou ma plume se joüe
A noircir vn sourcil, & farder vne joüe.
I'ay tousiours de la neige, & quelquesfois i'en mets
Sur vn sein qui n'en eut, & n'en aura iamais.
Ie preste à qui ie veux des œillets & des roses,
Ie donne de l'éclat aux plus communes choses;
Et i'ay fait estimer cent visages diuers
Qui n'auoient toutesfois rien de beau qu'en mes vers.
Mais tout est au dessous de sa beauté parfaicte,
Ma Muse en ce trauail est timide & muette,
I'admire les effects de cét objet vaincœur,
Qui me glace la veine & m'eschauffe le cœur.
Tousiours le premier mot a ma plume arrestée,
Ie l'ay mille fois prise, & mille fois quittée.

Mon iugement s'égare en ses moindres appas;
I'escriray toutesfois: mais ne t'esloigne pas:

LYSIS.

I'attendray cependant en ce lieu frais & proche;
Mais voy si tu n'as point quelques vers en ta poche;
Ie me diuertiray par ce doux entretien;
Ie ne puis estimer de style que le tien.

Il prend des papiers qu'Alidor luy baille, & se retire à l'autre costé du bois, où ayant desployé le premier, il lit estant assis.

Vn iour Filene,
Au bord de Seine,
Pour soulager son amoureuse peine,
Disoit (voyant couler cette belle onde)
C'est ainsi que nos iours passent au monde.

L'ingrate dame
Qui m'oste l'ame
Vn iour ne pourra plus donner de flamme,
Comme elle est maintenant, sourde à qui l'ayme,
Le temps la traictera bien-tost de mesme.

Mon œil humide,
Belle homicide,
Ne verra pas tousiours ce front sans ride,
Le temps effacera ces belles choses,
Et ne te laissera ny lys, ny roses.

Voyant ta face
Seiche & sans grace,
Tu voudras de despit, rompre ta glace;
Ton aage aura blanchy ces tresses blondes,
Tu ne les feras plus friser en ondes.

Lors ta manie
Sera punie
Ie ne cheriray plus ta compagnie;
Et dans ce changement de ma fortune
Ie seray l'inhumain, toy l'importune.

ALIDOR.

ALIDOR.

Je ne puis que loüer de sa rare beauté!
Mon abondance icy fait ma sterilité.

LYSIS desploye vn autre papier, & lit.

A CALISTE.

De quelques ornemens que l'Aurore se pare,
Quoy que l'œil du iour ayt de rare
Quelque beauté qui puisse asseruir les esprits.
Dequoy, que la nature au printemps soit pourueuë,
Caliste, tout n'est rien à ceux qui vous ont veuë,
Qu'vn obiect de mespris.

N'allez

N'allez point à la Cour pour veoir de belles choses;
Et n'estimez ny lys, ny roses;
Rien ne peut esgaler vostre moindre ornement.
Il n'est point de beautez à la vostre pareilles;
Si vous desirez veoir d'admirables merueilles,
Mirez-vous seulement.

Lors vous verrez en vous, la seule creature,
Qui nous faict priser la nature.
L'obiect seul que iamais elle ayt faict sans deffauts:
Par vous elle n'est plus à soy-mesme imitable,
Et si vous ne trouuez que ie sois veritable,
Vostre miroüer est faux.

Que les plus grands esprits me porteroient d'enuie!
Que i'aurois vne longue vie!
Que ie serois chery, que mes vers seroient doux!
Que ie loüerois le Sort qu'incessamment i'accuse!
Et qu'on m'estimeroit, si l'on trouuoit ma Muse
Aussi belle que vous.

Il n'est point de bon-heur, comparable à mon ayse;
S'il arriue, qu'elle vous plaise;
Mille charmes nouueaux paroistront dans mes vers,
Ils n'auront plus ny mot, ny lettre qui ne touche,
Quand ils seront prisez par la plus belle bouche
Qui soit en l'Vniuers.

Il vient à Alidor.

As-tu bien reußy?

ALIDOR.

Iamais pauure rismeur
N'eut tant d'ambition, & moins de bonne humeur:
I'ay faict ce peu de vers depuis que ie trauaille;
Escoute, si i'ay rien imaginé qui vaille.

Il lit.

Enfin qu'ordonnez-vous inhumaine beauté,
Quand ne verray-je plus en vostre cruauté
Des sujets de me plaindre & d'espãdre des larmes?
Quand seray-je plus cher à vostre œil mõ veincœur?
Quand sera vostre cœur
Außi doux que vos charmes?
Ne finirez-vous point le cours de ma misere,
Dois-je chercher la mort

Il continuë.

Mon amour me fournit mille pensers diuers,
Et ie n'en puis trouuer pour acheuer ce vers.

LYSIS.

Cét œuure est au dessus de ton style ordinaire,
Ie t'attens au logis, ie crains de te distraire;
Acheue, cher amy, ie te nuis en ces lieux.
Sur tout, exprime bien la douceur de ces yeux.

Il s'en va.

ALIDOR seul, assis & appuyé contre vn arbre.

Quitte, quitte Alidor, ce penible exercice,
De tes pleurs seulement escry son injustice;
Seuls ils peuuent prouuer tes transports innocens;
Seuls ils peuuent parler des ennuys que tu sents.
Et c'est bien vainement qu'vn malheureux presume
De fendre vn cœur si dur, auec des traits de plume.
Iettez arbres, voyant comme ie brusle icy,
Les pleurs, que vous iettez quand vous bruslez aussi.
Si d'Amour autrefois vous sentistes la force,
Si vous auez esté sans mousse et sans escorce;
Tremblez, soyez atteints au recit de mes maux:
Est-il quelque martyre égal à mes trauaux?
Mais que mon œil est las de souffrir la lumiere!
Quel assoupissement me ferme la paupiere?
Dieux, appellez mon ame, en cét heureux sommeil;
Accordez à mes yeux vn dormir sans réveil.

Il s'endort.

SCENE TROISIESME.

FELICIE. CELIMENE.

CELIMENE.

DIeux! que ces importuns ont peu de complaisance!
Et qu'il est mal-aysé d'éuiter leur presence.
Ma sœur, n'y sont-ils plus?

FELICIE.

Oüy ie les voy là bas.

CELIMENE.

Adieu.

FELICIE.

Reuiens, ie ris, & ie ne les voys pas.

CELIMENE.

Ie m'ayme aujourd'huy seule, & si pas vn se monstre.

FELICIE.

Dieux! quelle peur as-tu?

CELIMENE.

Celle de leur rencontre.

FELICIE.

Alidor te deplaist? cruelle tu le fuis?

CELIMENE.

Par fois selon le temps, & l'humeur où ie suis,
En de certains moments, i'ayme d'ouyr ses plaintes,
Ie luy responds des yeux, & ie flatte ses craintes.
Ie vante son esprit, i'estime ses discours.
Mais cette bonne humeur ne dure pas tousiours.
J'abhorre bien souuent vn si triste langage,
Vn homme plus joyeux me plairoit d'auantage.

FELICIE.

Tu te peux rendre tel.

CELIMENE.

Comment?

FELICIE.

Par ta pitié,
Paye ce que tu dois à sa chaste amitié.
Ie le paye à l'amour que son amy me porte;
Jmite mon humeur, traite-le de la sorte.
Lysis, s'il t'en souuient, n'estoit pas si joyeux,
Alors que ie trouuois son abord ennuyeux;

En la plus belle humeur il respandoit des larmes.
Mais depuis que l'Amour m'a fait rendre les armes;
Il ne dit plus, ie brusle; il ne dit plus, ie meurs,
Et nous rions tous deux, en nos pires humeurs.
Mais i'auise Alidor sous ce diuin feüillage,
Voy comme les ennuys ont changé son visage.
Le Ciel ferme ses yeux pour arrester ses pleurs,
Et tu ne seras point sensible à ses douleurs?
Ly ces vers qu'il t'adresse.

CELIMENE.

O *Dieux! cette importune*
M'imputera tousiours ma mauuaise fortune!

FELICIE.

Escoute; A Celimene.

CELIMENE.

Acheue; i'y consents.

FELICIE.

L'agreable suject des ennuys, que ie sents.
Et bien ay-ie raison?

CELIMENE.

Ly-tost, ou ie te laisse.

FELICIE.

Qu'elle sçait bien cacher le tourment qui la presse!

Elle lit.

En fin qu'ordonnez-vous, &c.

Elle continuë.

Vois-tu comme ta grace a touché ses esprits,
En composant ces vers, le sommeil l'a surpris.
Par deux mots adjoustez, tu peux flatter sa peine,
Et perdre en le sauuant le tiltre d'inhumaine.

CELIMENE.

Escris-les de ta main.

FELICIE.

La tienne l'a blessé.

CELIMENE.

Donne-donc, i'escriray.

FELICIE.

Quoy?

CELIMENE.

Qu'il est insensé.
Qu'il a peu de raison d'aymer ce qui le blesse,
Que mon peu de dessein tesmoigne sa foiblesse.

En fin

FELICIE.

N'acheue pas, donne-moy cét escrit,
Bons Dieux? on ne peut rien sur ce farouche esprit!

Elle escrit.

CELIMENE.

Qu'y mets-tu?

FELICIE.

Qu'il espere.

CELIMENE.

Esperances friuoles.

FELICIE.

Et si, ie te veux faire auoüer ces paroles.
Ie veux à cét Amant procurer ta pitié;
Ie gaigneray ta hayne, ou luy ton amitié.
Ie iure à ton humeur vne eternelle guerre.
Cruelle as-tu dessein de dépeupler la terre,
Et seras-tu constante, en ce rigoureux poinct
De blesser tous les cœurs, & de n'en guerir poinct.
Esperes-tu du prix à ta froideur extresme?
Et vaux-je moins que toy pour auouër que i'ayme?

CELIMENE.

L'amour te paye-t'il du soucy que tu prends
De le rendre adorable aux cœurs indifferends.
Te charges-tu du soin d'establir son Empire?
Ta voix peut-elle plus, que les traits qu'il nous tire?
Si i'aymois Alidor, il deuroit son secours
A son propre merite, & non à tes discours.
Son pouuoir t'est suspect, prenant pour luy les armes;
Et pensant l'obliger, tu fais tort à ses charmes.
Son humeur seulement a de puissants appas,
Et peut plus que ta voix.

FELICIE.

Et tu ne t'y rends pas?

CELIMENE.

En voudrois-tu iurer?

FELICIE.

Ouy, si ie te dois croire.

CELIMENE.

Il peut beaucoup sans toy, n'oste rien à sa gloire.

FELICIE.

Qu'elle est dissimulée!

ALIDOR resuant.

Ha! tu sçais mon tourment:
Vn mot, belle inhumaine, vn regard seulement.

FELICIE.

Il resue, escoutons-le.

ALIDOR.

Ie pourrois toute chose
Tu ne peux m'eschapper, mais quoy que ie propose,

CELIMENE.

Ie crains peu ce danger.

ALIDOR.

Ie tremble à ton aspect.
Quoy rien à mon amour? quoy rien à mon respect?
Cruelle, oste-moy donc ta presence fatalle,
Et ne m'oblige point au tourment de Tantalle.
Adieu, laisse-moy seul.

CELIMENE.

Voy combien il me plaist:
Ie luy veux obeir, tout endormy qu'il est.

Elle s'en veut aller.

FELICIE.

Attendons son resueil.

CELIMENE.

Pour moy ie me retire.
Et tu m'as obligée à beaucoup de martyre:
Mais i'apperçois Orante, & quelqu'vn qui la suit.

SCENE QVATRIESME.

ORANTE. FLORIDAN. CELIMENE. FELICIE.

Floran se faict appell Florida

ORANTE.

Elle t'auise à propos, & le Ciel nous conduit.

Elle parle aux deux Sœurs.

Nous allions vous trouuer, agréez la visite
Que ce beau Caualier doit à vostre merite;
C'est vn de mes nepueux, arriué fraischement.

CELIMENE.

Il m'oblige beaucoup.

FELICIE.

O Dieux qu'il est charmant!

FLORIDAN.

Surpris, ſaiſi, confus aupres tant d'excellence,
Mon meilleur compliment depend de mon ſilence.
Ie voy d'vn œil charmé vos diuines beautez,
Et ie croy me treuuer en des lieux enchantez.
Ce bois eſt-il, Amour, le ſejour de ta Mere?
Eſt-ce le bois de Paphe, ou celuy de Cithere.
Ha! qu'icy ton pouuoir a d'effect ſur les ſens!
Et que ces deux Beautez te font donner d'Encens.
Qu'en ces lieux la raiſon a d'inutiles armes!
Qu'on y pouſſe de vœux! qu'on y reſpand de larmes!
Et que ma Tante, helas! aymoit peu ma ſanté,
Alors qu'à ce deuoir ſon conſeil m'a porté.

CELIMENE.

Voſtre diſcours eſt ſain, quoy qu'il nous perſuade,
Et ce beau teint n'eſt pas la couleur d'vn malade.

FLORIDAN.

Helas! ſi la raiſon me manque de ſecours,
Que vous verrez changer, mon teint, & mes diſcours!
Vous voir, ſans vous aymer, n'eſt pas vn bien poßible,
Ie ne ſuis pas de roche, & ce cœur eſt ſenſible.
Madame, pardonnez à ma temerité,
Mes vœux ſeront bornez de voſtre volonté.

Vous n'accuserez point vne langue indiscrette,
Ie sçauray bien aymer d'vne amitié muëtte.

CELIMENE.

Ie treuue en vos discours de si charmans appas,
Que vous me hayriez de ne me parler pas.
Le silence sied mal aux bouches si discretes ,
Et l'on voudroit, Mõsieur, les voir tousiours ouuertes.

FELICIE.

O Dieux qu'il est charmant !

FLORIDAN.

Mon silence & ma voix,
De vos commandemens prendront tousiours des loix :
Voyant Alidor endormy, il dit.
Mais que ie crains (Amour) les maux que tu m'aprestes,
Ie voy desià (Madame) vne de vos conquestes.
A peine vos beautez ont attiré mes pas,
Que voylà qu'à vos pieds ie voy des gens à bas.
Que cette veuë, helas ! menace ma franchise,
Et que ie seray fort si i'empesche ma prise !

CELIMENE.

Ie n'ay point de dessein sur vostre liberté.

FLORIDAN.

Vous me deffendez donc de voir vostre beauté.

CELIMENE.

Vous redoutez, Monsieur, vne foible ennemie.

FLORIDAN.

Ie sens desià l'effect de sa force infinie.

FELICIE.

Que ses yeux sont charmans! que sa voix a d'attraits!

CELIMENE.

Nous souffrons le Soleil, & le logis est prés.
Vous plaist-il de le voir?

FLORIDAN.

Acceptez ma conduitte.

ORANTE tout bas.

L'heureux effect; ô Dieux fauorisez la suitte.

SCENE CINQVIESME.

ALIDOR esueillé.

SOmmeil heureux charmeur des ennuys que ie sens,
Pourquoy m'as-tu rendu la liberté des sens?

Helas! par ta faueur ie parlois à Madame,
A ses yeux inhumains i'ay descouuert ma flamme.
Et quoy que sa rigueur estouffast mon espoir,
Ie joüyssois pourtant du bon-heur de la voir.
I'ay malgré ses efforts sa belle main pressée,
Cét agreable songe a flatté ma pensée;
De ce bien maintenant mes desirs sont priuez:
Mais, ô Dieux! quelle main a ces vers acheuez?

Il lit.

Ne finirez-vous point le cours de ma misere,
Dois-je chercher la mort? non, Alidor, espere.

Pourrois-je desormais voir le Ciel sans mespris,
Si la main de Madame, auoit ces mots escris?
Non, Alidor, espere; ô Dieux! le dois-je croire?
Puis-je sans vanité me donner cette gloire?
Non, quelqu'un qui passoit, touché de mon tourment
A ces vers acheuez par diuertissement.
Ie ne me flatte point de ce bon-heur insigne,
L'ozer imaginer, c'est en paroistre indigne;
I'espereray pourtant, & croyray que le Sort
Se sert de ce moyen pour diuertir ma mort.

Fin du second Acte.

ACTE III.

SCENE PREMIERE.

CELIMENE ſuiuie d'ALIDOR, qui l'entend ſans ſe monſtrer à elle.

CELIMENE.

C'EN eſt faict, ma raiſon eſt laſſe,
De tenir contre tant de grace;
Mõ courage eſt trop foible, il ne me peut ayder;
Et le dieu des amãts m'a tiré la plus forte,
De toutes les fleches qu'il porte.
Et bien (Amour) il faut ceder.

ALIDOR, tout bas.

Dieux! eſt-ce en ma faueur qu'elle tient ce diſcours?
Puis-je apres tant de maux eſperer du ſecours?

CELIMENE.

Enfin toſt ou tard ce Dieu touche
Et la facille, & la farouche.

On peut craindre son mal, on le peut retarder;
Mais d'estre tousiours froide, & dans l'indifference,
C'est vne friuole esperance,
Et bien, Amour, il faut ceder.

ALIDOR.

Amant le plus heureux qui soit en l'Vniuers!
Ce discours fauorable est l'effet de tes vers.

CELIMENE.

En vain nostre cœur prend les armes,
Contre d'ineuitables charmes,
Il se rend à celuy qui le doit posseder,
Et l'orgueilleux qu'il est, blasme apres sa deffaicte.
La resistance qu'il a faicte.
Et bien, Amour, il faut ceder.

ALIDOR.

Enfin le Ciel me rit, mes vœux sont approuuez;
Et sa main fauorable a mes vers acheuez.

CELIMENE.

Toutes nos deffenses sont vaines,
Et tes loix sont si souueraines,
Qu'on void mesme des Dieux forcez de les garder.
Il n'est ame si dure, & si pleine de glace,

Ou tes flammes ne treuuent place;
Et bien, Amour, il faut ceder.

ALIDOR l'abordant.

Abordons-là sans crainte, obligé desormais,
A vous offrir des vœux, si ie le fis iamais.
Que ie baise à genoux ceste main fauorable,
Qui vient de releuer l'espoir d'vn miserable:
Donc ces beaux yeux sont las de me voir souspirer?
Donc il m'est ordonné de viure & d'esperer?
Et (comme vn doux Vainqueur cõseruer sa conqueste)
Vous auez diuerty la mort qui m'estoit preste?
Oüy, ie vis, & i'espere vn destin plus humain,
Puis qu'il faut obeïr à cette belle main.

CELIMENE.

Quoy, i'ay tracé ces mots? la croyance indiscrette!
Voyez comme aysément on croit ce qu'on souhaitte;
Perdez vn peu, Monsieur, de cette vanité,
Et ne me loüez point de tant de charité.

ALIDOR.

Voulez-vous plus long-temps prolonger mon supplice?
Et vous repentez-vous d'vn acte de iustice?
Suis-je trop peu discret pour cacher vos bienfaicts?
Quand mesme vous rendriez mes desirs satis-faicts?

Dieux! qu'à se declarer vne fille a de peine.
Vous ne deffendez-pas, qu'on vous nomme inhumaine,
Quand ie vous appellois sourde, ingrate & sans yeux,
C'estoit là vous donner des tiltres glorieux,
Vous trouuiez des appas en mon Sort lamentable,
Et vous vous offencez du tiltre d'equitable;
Vous n'ozez auoüer vne bonne action
Que vous auez renduë à mon affection.

CELIMENE.

Je n'en puis auoüer ny mauuaise ny bonne,
Je n'ordonne la vie, & ne l'oste à personne,
C'est assez, Alidor, que chacun songe à soy,
Ie ne conserue point ce qui n'est point à moy.

ALIDOR.

Mais par la loy d'amour, ie suis à Celimene;

CELIMENE.

Elle n'a iamais eu, n'y d'amour, ny de hayne;
Vous sçauez mon humeur, ie fuis ces passions
Et ie suy seulement mes inclinations.

ALIDOR.

Quoy tousiours insensible; & sourde à nos prieres?

CELIMENE.

Tousiours ferme & cōstāte en mes humeurs premieres.

ALIDOR.

Vn peu moins qu'autrefois?

CELIMENE.

Tousiours egalement.

ALIDOR.

Alidor n'est pas sourd.

CELIMENE.

Ny moy pareillement.

ALIDOR.

Non, car vous m'entendez: Adieu, viuez heureuse,
Soyez impitoyable à ma peine amoureuse,
Estouffez tout l'espoir qui me peut secourir,
Ie porte à mon costé le moyen de guerir.

Il s'en va.

CELIMENE seule.

O Dieux! cét importun a ma voix entenduë,
Alors que i'auoüoys que ie me suis renduë.
Il a receu pour luy cette confession,
Et croit estre l'obiect de mon affection.

Mais las ! quoy que ie doiue à son amour extresme,
Il est bien abuzé, quand il croit que ie l'ayme;
Vn amant bien plus rare occupe mes esprits,
Il me demande vn cœur, qu'vn autre a desia pris;
Floridan l'a forcé, mais auec tant de gloire,
Qu'il n'a que d'vn moment acheté sa victoire:
Et qu'ayant iusqu'icy mesprisé tant d'amours
Ie me rends à l'appas de ses premiers discours.
Mais quelqu'vn vient icy; mes plus cheres pensées
Par cét autre importun sont tousiours trauersées.

SCENE DEVXIESME.

CELIMENE. FILANDRE.

FILANDRE.

QVI vous rend si pensiue?

CELIMENE.

Vn autre obiect que vous.

FILANDRE.

Alidor ou Tircis,

CELIMENE.

Non, vn obiect plus doux.

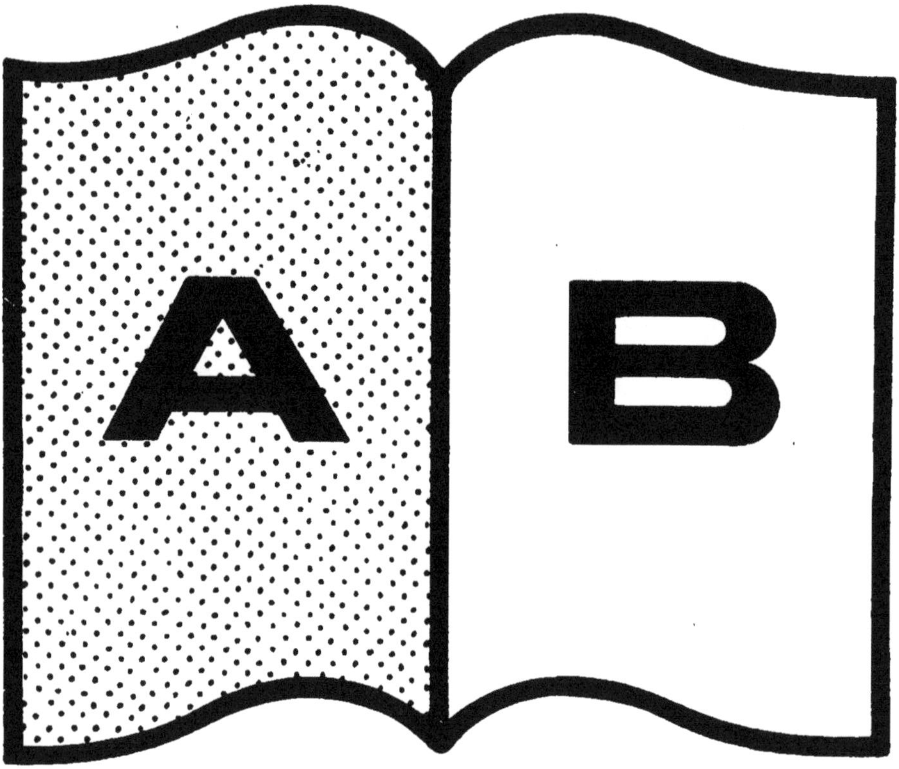

Contraste insuffisant

NF Z 43-120-14

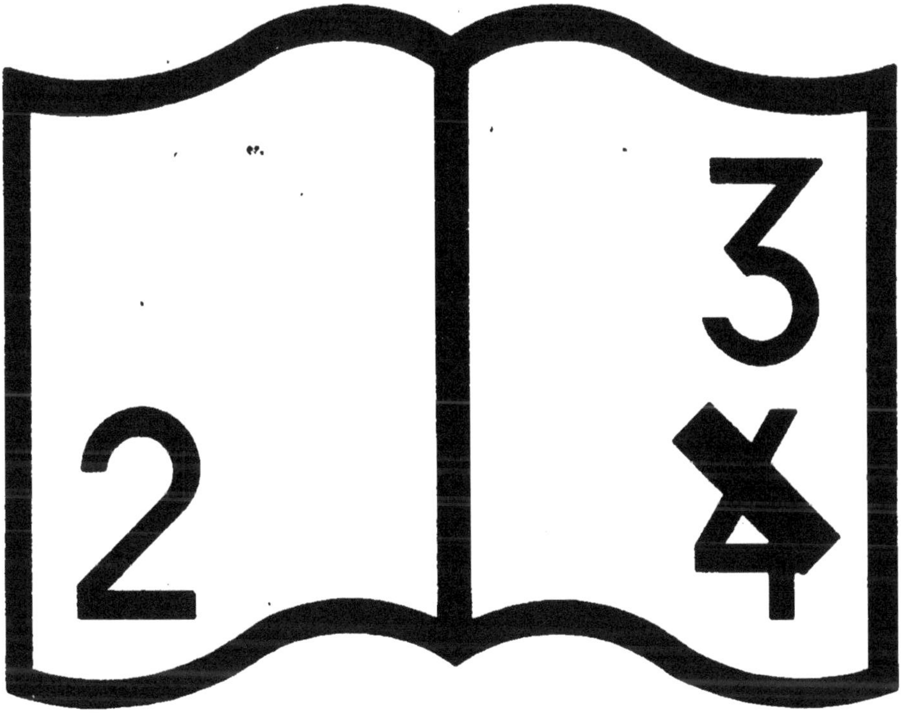

Pagination incorrecte — date incorrecte

NF Z 43-120-12

FILANDRE.

Paris, ou Filidor?

CELIMENE.

Non;

FILANDRE.

Timandre, ou Geronde?

CELIMENE.

Vous les pourriez trouuer en nommant tout le monde.

FILANDRE.

Que i'apprenne son nom, & mes vœux sont contens.

CELIMENE.

Adieu, deuinez-le, ie vous donne du temps.

FILANDRE l'arrestant.

Vn mot, belle inhumaine, vn certain Gentil-homme
Nommé Flo. Floridan, c'est ainsi qu'il se nomme;
Venu depuis deux iours en ces lieux écartez
N'a-t'il point salüé vos diuines beautez?

CELIMENE.

Il en a pris la peine.

FILANDRE.

Est-il fort agreable?

CELIMENE.

C'est vn homme diuin, charmant, incomparable;

FILANDRE.

On en faict de l'estat.

CELIMENE.

Vous parlez froidement.
Il est la vertu mesme.

FILANDRE.

En vn mot vostre amant.

CELIMENE.

Filandre, parlez mieux, vous rire, & me desplaire,
Ne sont pas les moyens d'auançer vostre affaire,
On arriue autrement à nostre affection
Que par la raillerie & l'indiscretion.
Il est vray que la mienne, est vn but où Filandre
Auec tous ses efforts, est bien fou de pretendre.

FILANDRE

Adieu, car ie l'auise; ô Dieu qu'il est charmant!

CELIMENE.

Plus que vous.

FILANDRE.

Ie le croy.

CELIMENE.

Mais plus infiniment.

FILANDRE, s'en allant dit à Floridan.

On attend vostre veüe auec impatience

FLORIDAN tout bas.

Filandre se cache & les entend.

Et tu la fuis barbare, Ame, sans conscience.

SCENE TROISIESME.

FLORIDAN, CELIMENE.

CELIMENE.

Q*VE Floridan est triste!*

FLORIDAN.

Et qu'il l'est iustement.

Ha! sejour mal-heureux!

CELI-

CELIMENE.

O Dieux quel changement!
Ces plaines que tantost vous auez tant prisées,
Et que vous preferiez aux riues Elysées,
N'ont-elles pas encor leur premiere beauté?
D'où vient à vostre humeur cette inegalité?

FLORIDAN.

Que ce lieu soit charmant, qu'il soit incomparable,
Madame, sa beauté m'est peu considerable:
Ce sont des appas morts, subiects au moindre vent,
Et qui touchent les yeux, sans passer plus auant;
Mais i'en treuue,

CELIMENE.

Acheuez,

FLORIDAN.

Helas! que puis-je dire?
Si ie n'oze parler, & si ie le desire?

CELIMENE.

Et que deuez-vous taire, où tout vous est permis?

FLORIDAN.

Que diray-je plutost deuant mes ennemis!

CELIMENE.

En auez-vous icy?

FLORIDAN.

De puissants, d'indomptables,
Et dont les coups mortels me sont ineuitables.
I'ay tousiours souhaitté de viure en ces deserts,
I'y cherchois du repos, & c'est où ie le perds.
Ie ne puis opposer, ny deffense, ny larmes,
A la necessité de mourir de leurs armes.

CELIMENE.

Qui donc vous peut seruir en ce cuisant soucy?

FLORIDAN.

Vous seulle.

CELIMENE.

Contre qui?

FLORIDAN.

Contre vous seule aussi?

CELIMENE.

Parlez plus clairement.

FLORIDAN.

Diuin charme des ames !
Adorable ſubiect de mes nouuelles flammes!
Mais faut-il acheuer? à quoy tant de propos?
Et bien, ce ſont vos yeux qui troublent mon repos.
Ces diuins ennemis attaquent ma penſée,
Et leurs premiers regards ont ma raiſon forcée.
Pardonnez toutesfois à ma temerité,
Ma raiſon garde encor de ſon authorité;
Et me peut contenir dans l'eſtroicte limite
Qu'impoſe à mon amour, voſtre rare merite.
En mes plus vifs accez, ie ne me plaindray pas,
Et pour voſtre repos i'euiteray vos pas.
Ie n'augmenteray point cette trouppe importune,
Dont vous tenez en main l'eſpoir & la fortune.
Ie ne reclameray ny vos vœux, ny vos ſoins,
Je ſçauray mieux aymer, & le teſmoigneray moins.
C'eſt deſià trop parler, Dieux quelle ardeur me preſſe !
Que meſme en promettant i'enfraigne ma promeſſe !

CELIMENE.

Las! d'exercer ailleurs ceſte eloquente voix,
La venez vous (Monſieur) exercer dans ces bois?
Eſpargnés nos eſprits dont les mœurs inciuiles,
Ont bien peu de rapport auec celles des villes.

Et ne m'obligez point aux mesmes complimens,
Que celles de Paris rendent à leurs amants :
Ils seroient mal fondez, & ie reçoy les vostres
Comme vn propos commun que vous tenez à d'autres.

FLORIDAN, feignant de s'en aller.

I'ay promis de me taire. Adieu ; mais quelque iour,
On ne vous verra plus douter de mon Amour.

CELIMENE.

Non, non, encor vn mot ; ô Dieux ! qu'il sçait biẽ feindre !
On diroit qu'en effet son cœur se laisse atteindre.

FLORIDAN.

Il est atteint desià, Madame, & permettez,
Puis que ma voix vous plaist, & que vous l'escoutez,
Que i'atteste le Ciel, & toute la nature,
Que vous estes l'obiect du tourment que i'endure.
Si vous n'aués causé la misere où ie suis,
Si vostre occasion ne fait tous mes ennuys,
Si ie cognois que vous, pour suiet de ma peine,
Puissay-je estre des Dieux, & l'horreur & la haine ;
Et qu'apres mille morts, vne eternelle mort,
Fasse endurer mon ame, & deplorer mon sort :
Mais que ie pousse en l'air d'inutiles paroles,
Vous tiendrés mes sermens, pour des sermẽts friuolles !

Car on dit que les Dieux, imposant des tourmens
N'en ordonnerent point aux parjures Amants.

CELIMENE.

C'est qu'ils n'en treuuent point d'égaux à leur offence,
Et ce poinct seulement a borné leur puissance.
Le traistre, & l'homicide ont leur peine aux enfers,
L'impie & le volleur, ont leurs feux, & leurs fers.
On ne peut euiter la supresme iustice,
Qui tousiours au forfaict mesure le supplice.
Mais vn parjure Amant a faict vne action,
Qui n'a point de mesure & de proportion.
Vne eternelle flame est pour luy trop humaine,
L'excés de son peché le sauue de la peine.
Aussi quel honneste homme a ces crimes conceus.
Mais allons au chasteau discourir là dessus.
Le Soleil en ces lieux ne laisse plus d'ombrage.

FLORANTE.

Que ie reçois d'honneur!

CELIMENE.

I'en reçois dauantage.

SCENE QVATRIESME.

FILANDRE seul les ayant escoutez.

Dieux ! auec quelle grace elle fait le transi,
Celimene est touchée, & ie le suis aussi.
Il n'est rien de pareil à son rare merite,
Contre moy-mesme en fin, moy-mesme ie m'irrite.
Pesant ces qualitez d'vn esprit plus rassis,
Ie n'aurois pas changé mes roses en soucys,
Elle presideroit à ma flame amoureuse,
Et ma condition seroit encore heureuse;
Mais que veut Felicie?

SCENE CINQVIESME.

FILANDRE. FELICIE cherchant sa sœur.

FELICIE.

ELLE n'est pas icy.

FILANDRE.

Que cherchez-vous?

FELICIE.

Ma sœur.

FILANDRE.

Elle a bien du soucy!

FELICIE.

Et d'où luy prouient-il?

FILANDRE.

D'amour.

FELICIE.

Qu'elle vous porte?

FILANDRE.

Non, ie serois bien vain de parler de la sorte;
Car iamais vn regard ny la moindre action,
Ne m'a faict esperer son inclination.

FELICIE.

A qui donc?

FILANDRE.

A l'obiect le plus parfaict du monde,
Dont l'esprit est charmant, la beauté sans seconde.

En fin à Floridan,

FELICIE.

Qui vous l'a dit?

FILANDRE.

Leur voix,
Et tous deux fraischement ils sortent de ce bois.
Ces fueillages espais me cachoient à leur veuë,
Et i'ay fort clairement Celimene entenduë.

FELICIE.

Qu'vn jaloux a de peine, il croit tout ce qu'il craint!

FILANDRE.

Vos yeux vous diront mieux si son cœur est atteint.
Adieu, craignés vous mesme vne pareille peine,
Puis qu'il a bien touché cette belle inhumaine.

Il s'en va.

FELICIE seule.

O conseil inutile à mon cœur languissant!
On ne craint plus vn mal, alors qu'on le ressent.
Cét aymable vainqueur a mon ame charmée.
O supresme mal-heur! ma sœur en est aymée.
Et sa rare beauté me deffend d'esperer
Le fruict de le cherir & de le reuerer.

Que

Que n'ay-je ses attraits? pourquoy nature auare,
Ne me puis-je vanter d'vn visage außi rare?
Que ne l'ay-je pourueu d'vne égalle douceur?
Cruelle, deuois-tu dauantage à ma sœur?
Ie le carresserois, il m'ouuriroit son Ame,
Ie le diuertirois de sa premiere flame.
D'vn desir mutuel nos cœurs seroient atteints,
Je trahirois ma sœur, ie romprois ces desseins.
Oüy; Mais qu'auroit Lysis? que dois-je à sa constance?
Sont-ce là ces ardeurs & cette resistance?
Où nos vœux mutuels obligent nos esprits.
Vn autre me peut-il oster ce qu'il m'a pris?
O friuole discours! ie suy ce qui m'attire;
Ce n'est pas mon dessein qui fait ce doux martyre;
Et la neceßité d'estimer ce qui plaist,
Excuse mon esprit tout vollage qu'il est.

SCENE SIXIESME.

LYSIS. FELICIE.

LYSIS la surprenant.

OV songeoit mon soucy?

FELICIE.

Ie songeois à vous-mesme.

LYSIS.

Que ie suis redeuable à ton amour extresme;
Combien tu faits d'efforts pour vn indigne Amant,
Et que peu de ton sexe ayment si constamment.
Mille font vanité du tiltre de parjure,
Ce nom est maintenant vne honnorable injure,
Toutes changent sans honte, & ta seulle beauté,
A de l'auersion pour l'infidelité;
Mais ie ne te vois poinct en l'humeur ordinaire,
Et mesme des l'abord, i'ay semblé te d'esplaire.
T'importunay-ie icy?

FELICIE.

Ie ne m'y tiendrois pas.

LYSIS.

Quelque soucy pourtant change ces doux appas;
Tu me voys à regret, veux-tu que ie le die?
Ie croy que ton amour est vn peu refroidie.

FELICIE.

Ie rirois comme toy, mais vn mal de costé;

LYSIS.

Dy que ton humeur souffre, & non pas ta santé.

On laisse rarement promener des malades, *(des,*
Leurs chambres, & leurs lits bornent leurs promena-
Tu tiens les yeux baißés, tu parles froidement.

FELICIE.

O le jaloux esprit!

LYSIS.

Peut estre iustement.

FELICIE.

A Dieu, mon mal s'accroist.

LYSIS.

Ie te suy,

FELICIE.

Non demeure,
Permets-moy seulement de reposer vne heure,
Peut estre en ce sommeil, mon mal s'appaisera.

LYSIS.

Ie ne te quitte point.

FELICIE.

Fay ce qu'il te plaira.

LYSIS la conduisant, dit tout bas.

O Dieux! diuertissés les subiects de ma crainte,
Et ne trahissés pas, vne amitié si saincte.

Fin du troisiesme Acte.

ACTE IV.

SCENE PREMIERE.

FELICIE. FLORIDAN.

FELICIE.

QVE Floridan sçait bien feindre des paßions!
O Dieux ! comme il contraint toutes ses actions !
Auec combien d'adresse, & combien d'artifice,
Il promet à mes vœux vn fidelle seruice?
Le plus iudicieux à le voir si transi
Croyroit que mon subiect luy cause vn vray soucy.
Que la franchise est rare, en ce siecle où nous sommes!
La feinte seullement est la vertu des hommes.
L'Amour estoit iadis le Roy des immortels:
Au Ciel comme en la terre, il auoit des Autels.
On reueroit ses loix, on craignoit sa puissance,
Et ses pires subjets viuoient dans l'innocence;

Mais ce Dieu desormais est vn nom seulement
Et nous voyons à peine vn veritable amant.
L'vn pour passer le temps, se fait vne maistresse,
L'autre pour signaler sa grace, & son adresse.
L'vn par ciuilité, l'autre par interest,
En fin tous sont Amants, & si pas vn ne l'est.

FLORIDAN.

Ie vous atteste ô Dieux ! Mais qu'est-il necessaire
De prouuer par sermens vne flame si claire?
Pouuez-vous iustement douter de mon amour?
Ne la voyez-vous pas, si vous voyez le iour.

FELICIE.

Oüy, quelques passions dessus ce front sont peintes,
Vous souspirez par fois, & vous poussez des pleintes.
Si ie croy vos discours, vous estes tout de feu
En fin vous feignés bien, ou vous aymés vn peu.
Mais vous me repaissés d'vn espoir inutile,
Vous n'en aymez pas vne, ou vous en aymés mille.
Vous tenez à ma sœur, de semblables discours.
Ie vous ay veu moy-mesme implorer son secours.

FLORIDAN.

O la foible raison! si vous y prenés garde,
Luy parlay-ie iamais, que ie ne vous regarde?

Si ma voix parle bien, mes regards parlent mieux,
Ou vous entendés mal le langage des yeux?
Luy jurant que ie sens des ardeurs si parfaictes,
Mon œil vous dit-il pas, que c'est vous qui les faictes.
Alors qu'on ayme bien, souffre-t'on des tesmoins?
Craindrois-je qu'on nous veist, si ie vous aymois moins?
Non, ie ne tiendrois pas mon Amour si secrette,
Et ie vous traitterois ainsi que ie la traicte.

LYSIS, caché auec Alidor.

Dieux! qu'estce que i'entends?

ALIDOR.

Vos affaires vont mal.

LYSIS,

Prepare-toy mon bras à punir ce riual.

FELICIE.

Les effects, Floridan, prouueront vos promesses;
Faictes-luy cependant vn peu moins de carresses.
Si vous l'aymez si peu ne luy parlez point tant,
Elle a des qualitez à faire vn inconstant.
Toute froide qu'elle est, ie sçay qu'elle vous prise,
Et ne craindroit pas fort de me rauir ma prise.
Adieu.

FLORIDAN.

Ie vous conduicts.

FILICIE.

Non, retournez chez vous,
Ne faisons point d'ombrage à cét esprit jaloux.

FLORIDAN.

Je vous obey donc,

LYSIS.

Dieux! qui l'eust iugé d'elle?

FELICIE, s'en allant.

C'est me bien obeyr, que de m'estre fidelle.

FLORIDAN.

Ie renonce, Madame, au bien de la clarté,
Si rien est comparable à ma fidelité.

SCENE DEVXIESME.

LYSIS. ALIDOR. FLORIDAN.

LYSIS, tirant ſon eſpée.

FAut en voir vn effect, traitre, tu deliberes,

FLORIDAN.

Que voulez-vous ?

LYSIS.

Finir ta vie, & nos miſeres,
Lâche, & vil ſuborneur des Eſprits de ces lieux,

FLORIDAN.

Qui vous fait ces rapports?

LYSIS.

Mon oreille, & mes yeux.
Tu conſultes encores?

FLORIDAN, ſans tirer l'eſpée.

Arreſte, cette eſpée
Ne fuſt iamais en vain par ces bras occupée:

Voſtre

Vostre temerité s'appreste vn chastiment,
On ne me la fait point tirer impunément.

LYSIS.

O le vaillant guerrier!

FLORIDAN.

Ouy vaillant, mais modeste.

LYSIS.

Deffends toy seulement, sans t'informer du reste.
Ne croy pas m'appaiser par ce lâche entretien;
Et ne redoute pas mon mal-heur, mais le tien.
Nous verrons les effects que le Ciel nous destine.

FLORIDAN à Alidor.

Remonstrez-luy, Monsieur, qu'il cherche sa ruyne.

ALIDOR.

Dieux! le plaisant combat.

LYSIS.

Il ne m'estonne pas.

FLORIDAN.

I'ay coustume de rire alors que ie me bats.

LYSIS.

C'est trop deliberer, lâche object de ma haine.

FLORIDAN.

Et moy, c'est trop gausser, & vous laisser en peine.
Ie sçay quelle raison excite ce courroux,
C'est vn effect, Monsieur, de vos soupçons jaloux.
Vous aymez Felicie, & sçachant qu'elle m'ayme,
Croyez que ie respons à son amour extresme.
Mais qu'apprehendez-vous? mettez les armes bas,
Vous deußiez souhaitter de la voir dans mes bras.
Et vous qui n'aspirez qu'à flechir Celimene,
Ne suis-je point außi l'object de vostre haine?
De ce mal apparent l'effect vous sera doux,
En trauaillant pour moy, ie trauaille pour vous.

ALIDOR.

Comment, toutes les deux reçoiuent ton hommage?

FLORIDAN.

Que ie sois dispensé d'en dire dauantage.
Si vous les possedez serez-vous satisfaicts?
Rien ne peut diuertir le dessein que i'en faicts.
Vous serez obligé à ces heureuses feintes,
Et les remerciements succederont aux plaintes.
I'auray mis du remede à nos communs ennuys,

Vous loüerez mon esprit, & sçaurez qui ie suis.
Vostre mal & le mien également me touche,
La peur ne me met point ces discours en la bouche.
Si dans peu les effects ne surpassent vos vœux,
Vnissez vos efforts, & m'attaquez tous deux.

ALIDOR.

Que t'en semble, Lysis?

LYSIS.

O Dieux! quelle apparence?
Sur la foy d'vn riual fonder son esperance?

FLORIDAN.

Vous me cognoissez mal?

LYSIS.

Attendons toutesfois,
Si le terme n'est long.

FLORIDAN.

De deux iours, ou de trois.

ALIDOR.

Adieu, fais que l'effet succede à ta promesse,
Et i'éterniseray ton nom, & ton adresse.

SCENE TROISIESME

FILANDRE. FLORIDAN.

FLORIDAN.

Pourquoy viens-tu si tard? ie t'ay bië souhaitté,
Et tu me manques bien en la necessité.

FILANDRE.

Comment?

FLORIDAN.

Deux m'attaquoient, tu m'aurois secondée.

FILANDRE.

Et la querelle en fin?

FLORIDAN.

Nous l'auons accordée.
Admire mon esprit, recognoy mon pouuoir,
Ce n'est qu'vn en ces lieux, que m'aymer, & me voir.
Ie fay mille jaloux, & toutes vos Maistresses
Sont prodigues pour moy de vœux & de carresses.
Les esprits les plus froids se sont laissez dompter,
Filandre bien-heureux, s'il s'en pouuoit vanter,
Toute esperance alors me seroit bien ostée.

FILANDRE.

J'ay bien plus faict que toy.

FLORIDAN.

Comment?

FILANDRE.

Ie t'ay domptée.

FLORIDAN.

C'eſt où ie recognois mon pouuoir inégal,
Ie ſçay bien attaquer, & ie me deffens mal.
I'abats, & l'on m'abat, ie fais aymer, & i'ayme,
Ie fais que tout ſe rend, & ie me rends moy-meſme.

FILANDRE.

Il eſt vray que tout cedde à des charmes ſi beaux,
Et ie me ſents atteint de mille traicts nouueaux.
Ie ſçay que ton merite a touché Celimene,
L'amour qu'elle a pour toy ne m'eſt plus incertaine.
Ie la cogneus hier, & caché dans ce bois,
I'entendis clairement ſes ſouſpirs, & ſa voix.
Ie le cede, Florante, à ton merite extreſme,
Et croy que tu ſçais mieux mõ meſtier que moymeſme.
Tu traictes mieux l'amour auec moins de ſoucy:
Mais ie voy Felicie & Celimene auſſi.

FLORIDAN.

Adieu.

FILANDRE.

Quoy tu les crains, Dieux que de retenuë!

FLORIDAN.

Cette reigle d'amour t'est encore incognuë,
Ie trompe l'vne & l'autre, & toutes deux m'aymant,
Ie dois à toutes deux parler separément.

SCENE QVATRIESME.

CELIMENE. FELICIE.

FELICIE.

VOus ne mesprisés plus l'amour, ny son enfâce,
Ie ne vous entends plus défier sa puissance.
Vous aymez à resver, ce visage est changé,
Ie m'abuse, ma sœur, ou l'Amour s'est vangé.
Et ne se fiant pas au pouuoir de ces charmes,
A faict à Floridan prendre pour luy les armes.

CELIMENE.

Ie ne vous entends plus estimer vos liens,
Lysis n'a plus de part en tous vos entretiens.
Vostre humeur chaque iour deuient plus solitaire,
Ie m'abuse, ma sœur, ou cette amour s'altere.

L'humeur de Floridan a de certains appas,
Qui, si vous l'aduoüez, ne vous déplaisent pas.

FELICIE.

Il plaist à tout le monde.

CELIMENE.

Il faut donc qu'il me plaise.

FELICIE.

Mais ne craignez-vous plus ce tyran de nostre ayse.
Cet aueugle Demon, ce poison des esprits,
Dont les fausses douceurs vous estoient à mespris.

CELIMENE.

Le craignez-vous ma sœur?

FELICIE.

I'ay franchy cét orage.

CELIMENE.

Pour le franchir de mesme ay-je moins de courage?
Dois-je auoir en horreur ce que vous approuuez?
Et ne pourray-je pas tout ce que vous pouuez?

FELICIE.

Pourquoy donc mille amants, qui vous ont tant aymée,

N'ont-ils rien profité?

CELIMENE.

Vous m'en auez blasmée.
Vous me peigniez l'amour plein d'appas & d'attraits,
Ie vous croy maintenant, & ie cede à ses traicts.

FELICIE.

En vn mot, Floridan a vostre ame touchée,
Son merite vous plaist.

CELIMENE.

En estes-vous faschée?
Au moins ce choix est iuste, & mon cœur enflammé
N'en quitte point vn autre, apres l'auoir aymé.
Ie n'ay point de Lysis, dont la flamme fidelle
De ma premiere amour doiue estre le modelle.
Ie n'ay point engagé mes inclinations,
Le choix est libre encor à mes affections.

FELICIE.

I'approuue ce dessein, & croy que Celimene
Ne se peut ennuyer d'vne si belle peine.
I'estime infiniment ses rares qualitez.

CELIMENE.

Vous les estimez tant que vous les ressentez.

FE-

FELICIE.

Non pas fort.

CELIMENE.

Plus que moy.

FELICIE.

J'aurois beaucoup d'affaires.

CELIMENE.

Vous en auez aussi plus que les ordinaires,
Vous considerez trop toutes mes actions,
Et vous m'importunez de trop de questions.
Pourquoy m'espiez-vous ?

FELICIE.

O la folle croyance !
Voyez combien l'Amour cause de deffiance.
Mais ne vous plaignez point, ie vous laisse en ce lieu,
Et ne vous suiuray plus.

CELIMENE.

Vous m'obligez, Adieu.

Estant seule.

Elle a beau se contraindre, on void en son visage,
De sa nouuelle flamme vn trop clair tesmoignage.

Depuis que Floridan s'eſt fait voir en ces lieux,
Son amant l'importune, & deſplaiſt à ſes yeux:
Elle ne peut cacher le ſoucy qui la touche,
Son cœur à tous moments eſt trahy par ſa bouche,
Et tant de queſtions font aſſez preſumer,
Le deſplaiſir qu'elle a de me le voir aymer.
Ie l'aymeray pourtant, & ſi l'effect ſuccede,
A mes chaſtes deſirs, il faudra qu'elle cede,
Ie n'eſpargneray plus, ny carreſſes ny vœux.
Mais il vient iuſtement à l'heure que ie vœux.

SCENE CINQVIESME.

FLORIDAN. CELIMENE.

FLORIDAN.

QVe ce teint eſt changé! quelle douleur vous preſſe?
Dieux! qu'eſt-ce que ie voy?

CELIMENE.

Vous cauſez ma triſteſſe.

FLORIDAN.

Quoy! vous ſuis-je importun?

CELIMENE.

Voſtre ciuilité

Ne passe point, Monsieur, pour importunité.
Et l'on souhaitte plus, qu'on ne craint vos visites
Depuis qu'on a iugé de vos rares merites.

FLORIDAN.

Madame, espargnés-moy, puisque les compliments
Doiuent estre banis d'entre les vrays amans.
Ma seule affection vous est considerable,
Et le moindre merite est au mien preferable;
Ie cognois mes deffauts; pour me bien estimer
Auouez seulement que ie sçay bien aymer;
I'ay peu de vanité, mais au soin de vous plaire,
Il faut que tout me cede, & que tout me defere.
De quelque insigne Amour qu'on ayt iamais parlé,
L'ardente passion, pour qui Troye a bruslé;
Ces violents transports, ces furieux caprices,
Qui font à tant d'humains mespriser les supplices;
Tout ce qui fait resoudre à d'extremes efforts,
Ces aueugles ardeurs qui causent tant de morts,
Les amours de jadis, & toutes les trauerses,
Qui faisoient prendre aux Dieux tant de formes diuerses,
Leurs accez les plus forts, leurs feux les plus pressants,
Sont l'ombre seulement des ardeurs que ie sents.
Il faut vn autre nom à mon amour extresme:
Et c'est dire trop peu, que de dire que i'ayme.

CELIMENE.

Vous promettez beaucoup.

FLORIDAN.

Ie fais encore plus:
Mais tenez pour suspects ces propos superflus.
Doutez si ie vous ayme, & m'ordonnez, Madame,
De prouuer à vos yeux cette immortelle flamme.
Quel effet de valeur vous en peut asseurer?
Baiseray-je vos pas, vous faut-il adorer?
M'ouuriray-je le sein? sçauez-vous quelque signe
Qui prouuast mieux encor ma paßion insigne?
I'attesterois en vain les hommes & les Dieux,
Ie ne desire point de tesmoins que vos yeux.

CELIMENE.

Ie croy que vous m'aymez, & sans ingratitude
Je ne puis plus douter de vostre inquietude:
Mais vous ne souffrez rien que ie ne souffre außi,
Ie sens la mesme ardeur, & le mesme soucy.
D'autres n'ont plus pour moy qu'vn dessein inutile,
Et vous estouffez seul l'esperance de mille.

FLORIDAN.

Puis-je, ô rare beauté! sans indiscretion
Demander vne preuue à vostre affection?

Depuis que i'ay conceu l'amour que ie vous vouë,
Ie n'ay pas eu l'honneur d'approcher cette iouë.
Vous m'auez refusé les moindres priuautez,
Comment donc traictez-vous ceux que vous rejettez?

CELIMENE.

Tu prise des baisers, des regards, des parolles?
Mon cœur tu fais estat de faueurs si friuolles,
Prefere à leurs appas des plaisirs infinis,
Et tendons au bon-heur d'estre à jamais vnis.

FLORIDAN.

Ma Tante m'a promis d'obtenir de mon pere,
L'aueu dont i'ay besoin pour cette heureuse affaire.
I'ay pourueu là dessus, accordez seulement
Ces premieres faueurs à l'ardeur d'vn Amant.
Baisant de cette main la blancheur sans seconde.
Ce seul plaisir me rend, le plus heureux du monde.

Il luy baise la main.

CELIMENE.

Garde ce bracelet.

FLORIDAN le baisant.

Faueur digne d'vn Dieu!

CELIMENE.

Et ce soir vn peu tard trouuons-nous en ce lieu.

Fuyons l'oreille, & l'œil d'vne sœur indiscrette,
Qui ne pourroit tenir ma paßion secrette.
Sans reserue, mon cœur pourra s'ouurir au tien,
Et rien n'interrompra nostre doux entretien.

FLORIDAN.

Ie n'y manqueray pas.

CELIMENE.

Adieu.

FLORIDAN estant seul.

L'heureuse feinte!
Et que profondement cette belle est atteinte!
Que ie souhaiterois de pouuoir amortir
La violente ardeur que ie luy faicts sentir!
Cette aßignation prouue assez son enuie:
Mais ie n'espere pas le pouuoir de ma vie.
Elle se peut fier en mon honnesteté,
Et mesme entre mes bras dormir en seureté.
Mais ce garçon qui vient est à mon autre amante.

SCENE SIXIESME.

LE LACQVAIS. FLORIDAN.

LE LACQVAIS.

IE vous cherchois, Monsieur, & i'allois chez Orante,
Vous porter cette Lettre.

FLORIDAN lit.

Le contenu.

Si tu veux, Floridan, me plaire infiniment,
Accorde-moy ce soir le bien de ta presence;
Ma priere t'oblige à cette complaisance,
Ie veux t'entretenir vne heure seulement.
Monte seul en ma chambre, & mon affection
Par des vœux infinis te sera confirmée,
Et si la mesme ardeur a ton ame enflammée;
Tu me le prouueras par ta discretion.

FELICIE.

Il dit au Lacquais.

Adieu, ie l'iray veoir.

Il continüe estant seul.

Pourquoy ne puis-je, ô Dieux! respondre à leur espoir?
Qu'vn facile moyen a leur ame abusée!
Que toucher vne fille est vne chose aysée!
Et qu'vn Amant bien fait a peu d'inuention,
Quand il n'attire pas son inclination.
Si iamais i'eus subiect d'accuser la Nature,
Estant ce que ie suis, c'est en cette aduenture.
Ie suis leur seul espoir, & leur vnique bien.
Ie leur promets beaucoup, & ne puis donner rien.

Fin du quatriesme Acte.

ACTE V.

SCENE PREMIERE.

LYSIS seul.

Combien ie suis facile! ô Dieux le dois-je croire?
Que pour mõ interest il renonce à sa gloire.
C'est bien manquer d'esprit, & meriter son mal,
Que de traicter l'Amour par son propre riual.
Qu'il me rende les vœux d'vne ingratte Maistresse
Me les ayant ostés? ô la vaine promesse!
Il est adoré d'elle, & son intention,
Est d'arriuer par feinte à sa possession.
Et puis apres l'honneur de cette jouyssance,
Abandonner ces lieux, & vanter sa puissance:
Mais, qu'il craigne l'effect de mon iuste courroux,
Et qu'il n'irrite pas vn amoureux jaloux.
Il fuyroit vainement, & n'auroit point d'azile,
Qui rendist contre luy ma poursuitte inutile.

SCENE

SCENE DEVXIESME.

FLORIDAN. LYSIS.

FLORIDAN.

IE fay tous mes efforts, mais ie trauaille en vain:
Elle demeure ferme en son premier dessein.
Ie blasme son humeur, i'excite sa colere,
Et par tous ces moyens, ie ne luy peux desplaire.
Ie luy suis plus charmant, & plus cher que le iour,
Et vous ne pouuez pas esperer son amour.

LYSIS, tirant son espée.

Ie ne puis plus aussi differer le supplice,
Que mon juste courroux doit à ton artifice.
Par ton inuention, mes vœux sont mesprisés:
Traistre, tu plains mes maux, & tu les as causés.

FLORIDAN.

Ne vous hastez pas tant, sans arme & sans deffence,
Ie sçay parer les coups, & punir qui m'offence;
Que vostre repentir finisse nos debats,
Et qu'on mette l'espée & les genoux à bas.
Detestez à mes pieds vostre insolente enuie,
Et confessez tout haut de me deuoir la vie.

LYSIS.

Dieux! la pœur le rend fou.

FLORIDAN.

Perdez ce sentiment,
Et me croyez, Lysis, ie parle sainement.
Mais ie tiens trop long-temps vostre esprit en balance,
Ie cognoy vostre amour, i'en sçay la violence:
Et veux que vous deuiez à ma compassion,
Le fruict que vous aurez de vostre affection.

Monstrant la Lettre.

Voyez ce qu'en deux mots m'ordonne cette Belle,
Et receuez de moy ce que i'ay receu d'elle.
Allez la voir ce soir, monstrez-luy cét escrit,
Dictes qu'vn prompt effet a changé mon esprit.
Que ie n'estime plus sa grace, & son merite,
Et que ie suis espris des beaux yeux de Charite;
Qu'elle ressent pour moy, de vaines passions
Que ie vante par tout ses aßignations,
Qu'elle à tort de me croire, & de se rien promettre;
Que moy-mesme en vos mains i'ay remis cette lettre.
Iurez-luy que ie ris de ses vœux superflus,
Ie confesseray tout quand vous aurez dit plus;
Iugez apres cela, si Floridan vous ayme,
Et si vous luy deuez vne faueur extresme.

LYSIS.

Que ie lise ces mots,

Il lit tout bas. Ayant leu, il dit.

L'infidelle beauté!
Oüy ie vous dois, Monsieur, le bien de la clarté,
Et ie' stois criminel vous traictant de la sorte,
Puis que vous m'honorez d'vne amitié si forte.
Accusez de mon mal vn enfant indiscret,
Qui conseillant les siens ignore ce qu'il fait.

FLORIDAN.

Et bien ay-ie aysément reprimé vostre audace?
Fais-je pas succeder les vœux à la menace?
Et tous les Caualiers les plus chéris du Sort,
Feroient-ils tant d'effet auec si peu d'effort?
Adieu, viuez heureux, & vous serués des armes,
Que ie mets en vos mains, pour r'acquerir ses charmes.

LYSIS.

Homme le plus courtois d'entre tous les mortels,
Si ie change son cœur, que ie te dois d'autels!

Il s'en va.

FLORIDAN seul.

Il reste qu'Alidor, apres sa longue peine,
M'ait l'obligation de flechir Celimene.

I'ay fait à cét amant, esperer du repos,
Et ie l'estime fort! qu'il arriue à propos:

SCENE TROISIESME

ALIDOR. FLORIDAN.

ALIDOR.

MOnsieur, sans m'abuser d'inutilles parolles,
Flattés-vous pas mon mal desperances friuolles?
Croyez-vous que son cœur soit touché de mes pleurs,
Et qu'elle doiue vn iour alleger mes douleurs?

FLORIDAN.

Vous me croyrez bien-tost, puisque tout vous succede,
Et qu'on a pour vos maux preparé du remede.
I'ay disposé son cœur, à n'estimer que vous,
Vous causés maintenant ses pensers les plus doux.
Et vous verrez ce soir l'effect de ma promesse,
Si l'amour vous permet assez de hardiesse.

ALIDOR.

Aduoüé de Madame, il n'est point de danger
Où mon affection ne me fist engager;
Et les chastes ardeurs dont i'ay l'ame enflammée,
Disposeroient ce bras à combatre vne armée.

FLORIDAN.

La voyant au milieu des lyons, & des ours,
Pourriez-vous l'en tirer & conseruer ses iours?

ALIDOR.

I'employrois mes efforts, & ie vaincrois leur rage,
Si la force & l'adresse égalloient mon courage.

FLORIDAN.

Et si vous la voyez dans vn brasier ardent?

ALIDOR.

Ie m'irois exposer à cét autre accident.

FLORIDAN.

Il est besoing de plus.

ALIDOR.

De rien que ie ne fisse,
Pour elle ie voudrois franchir vn precipice,
Ie vaincrois tout obstacle, irois dans les enfers:
Affronterois la parque, & l'osterois des fers,
Si iamais elle estoit sur ces riuages sombres,
Et qu'vn si beau Soleil deust viure entre les ombres.
Sus, decouurez moy tout, & m'ostez de soucy.

FLORIDAN.

Celimene ce ſoir vous attend ſeule icy.
Cette rare beauté cherit voſtre ſeruage,
Et le ſoing que i'ay pris vous procure ce gage.

Luy donnant le bracelet.

Amenés ſeulement à l'aßignation,
L'Amour, la Retenuë, & la Diſcretion.

ALIDOR.

O Dieux! que dites-vous?

FLORIDAN.

Que ie tiens ma promeſſe,
Serués fidellement cette belle Maiſtreſſe.
Adieu, viués contant, & gardés ces cheueux.

Il s'en va.

ALIDOR.

Si mon bon-heur n'eſt faux, que ie vous dois de vœux!
Auoir tant obtenu de cette ame de roche.
Mais deſià la ſoirée, & mon repos approche;
Attendant le bon-heur de receuoir ſes loix,
Ie vais reſver vne heure au profond de ce bois.

SCENE QVATRIESME.

CELIMENE seulle.

LE Ciel laisse à nos yeux paroistre ses Estoilles,
Le Soleil est dans l'onde, & la nuict tẽd ses voiles.
Il est desià bien tard, cét agreable Amant,
S'il ayme autant que moy, viendra dans vn momant.
C'est icy que nos cœurs descouuriront leurs flammes,
Et qu'vn libre entretien charmera nos deux ames.
Que nous n'en verrons plus alterer la douceur,
Par l'importunité d'vne ialouse Sœur.
C'est là que ie le veux asseurer que ie l'ayme,
Que ie ne dois plus rien à son amour extresme;
Que la peine où ie suis égalle ses trauaux,
Et que nos deux esprits bruslent de feux égaux.
Dieux! le parfait Amant! que sa grace est aymable!
Que son visage est doux! & sa voix agreable!
I'ayme vne Deïté, sous l'habit d'vn mortel,
Et ie croy que le Ciel n'en peut plus faire vn tel,
Il a pour le former ses graces épuisées:
Ses pires qualitez doiuent estre prisées.
Et iamais la vertu n'a plus absolument
En l'esprit d'vn ieune homme eu du commandement.
Mais Dieux! qui sont ces gens?

SCENE CINQVIESME.

LES VOLLEVRS. CELIMENE.

PREMIER VOLLEVR.

PRenons vn peu d'haleine:
Ils ne nous ſuiuent pas, n'en ſoyons plus en peine.
Tant de chemins diuers ont leurs pas abuſez;
Et nous auons ſuiuy des ſentiers mal-ayſez.

2. VOLLEVR.

O Dieux! rien n'auroit peû nous ſauuer de la corde,
Car ce Iuge eſt ſeuere, & ſans miſericorde.

CELIMENE.

Où me dois-je cacher?

PREM. VOLLEVR.

Amy, ne vois-tu pas
Cét agreable obiet? courrons, ſuiuons ſes pas.

CELIMENE.

Que vous plaiſt-il Meßieurs?

PREMIER VOLLEVR.

Nous desirons deux choses,
Cueillir mille baisers sur ces lys, & ces roses;
Et descharger vos doigts de tous ces diamants.
Donnez, donnez la main sans autres compliments.

CELIMENE.

O Ciel! ie suis perduë, au secours! qui m'assiste?

2. VOLLEVR.

Nous faisons pis, Madame, alors qu'on nous resiste.

CELIMENE.

Au secours! aux volleurs!

SCENE SIXIESME.

CELIMENE. LES VOLLEVRS. ALIDOR.

ALIDOR, accourant.

Dieux! qu'est-ce que ie voy?
Que luy veullent ces gens? à moy, traistres, à moy.

PREM. VOLLEVR.

Ne deliberons point, il faut prendre la fuitte.

ALIDOR, courant apres.

Vous ne pourrez, volleurs euiter ma poursuitte.

CELIMENE seule.

En quel estat i'estois? qui sont ces gens? ô Dieux,
Iamais cét accident n'arriua dans ces lieux.
On n'y commit iamais vne pareille offence,
Ils perdent aujourd'huy leur premiere innocence:
Et ce coup m'ostera le plaisir que i'auois
De resuer si souuent aux riues de ce bois.

SCENE SEPTIESME.

CELIMENE. ALIDOR.

ALIDOR tout eschauffé.

O Fauorable iour sur tous ceux de ma vie!
I'ay l'honneur vne fois de vous auoir seruie.
I'*ay trempé ceste lame au sang de ces volleurs,*
Et ie trouue en leur mort le pris de mes douleurs.

CELIMENE.

Qu'estois-je deuenuë? ô Dieux que cette espée
A fauorablement ma crainte dißipée!
Quel bon-heur Alidor, guidant icy vos pas,
M'a presté du secours que ie n'esperois pas?

ALIDOR.

Ce bon-heur est l'effect de mon obeïssance,
Sur vostre mandement i'ay pris cette licence.
Mais que iugerez-vous de mon affection,
M'estant trouué si tard à l'aßignation?

CELIMENE.

Quelle aßignation? quelle de vos maistresses,
Attendoit en ce lieu vos vœux, & vos caresses?

ALIDOR.

Ie n'adore que vous, & iamais ma raison
N'abandonna mon cœur dans vne autre prison.
Mon inclination, est trop pure, & trop forte,
Pour auoir partagé l'amour que ie vous porte;
Et i'ay de vos appas des sentimens meilleurs,
Que de les comparer, & que d'aymer ailleurs.
Ce visage, l'honneur, & la gloire du monde,
N'est pas vne beauté qui souffre de seconde.
Et ceste extresme ardeur qui cause mon soucy,
Ne souffre pas, Madame, vne seconde außy.

CELIMENE.

Quoy, ie vous attendois si tard en cette pleine?

ALIDOR.

Ouy, si vous estes iuste aymable Celimene.
Si vous estes sensible aux rigueurs de mon Sort,
Enfin si Floridan m'a fait vn vray rapport.

CELIMENE.

Et que vous à-t'il dit?

ALIDOR.

Qu'à la fin mon martyre.
Vous auoit disposée, au bien que ie desire,
Et que vous souhaittez, (ô bon heur infiny!)
Qu'vn iour à vostre Sort mon destin fust vny.
Que vous seriez ce soir au bord de ce boccage,
Preparée à souffrir ma veuë & mon hommage.

CELIMENE.

Vous croyez Alidor, vn peu legerement,
Ie ne l'ay point chargé de ce commandement.
L'amour ne permet pas à vostre resuerie,
De discerner le vray, d'auec la raillerie.
Floridan vous gaussoit.

ALIDOR.

Ces cheueux toutesfois,
Me doiuent confirmer le rapport de sa voix.

Il a receü pour moy ce fauorable gage,
Par qui vous teſmoignez de cherir mon ſeruage.

CELIMENE.

Donnez que ie le voye.

ALIDOR.

Il vient de vous.

CELIMENE.

O Dieux!
Dois-je auoüer icy mon oreille, & mes yeux?

ALIDOR.

D'où naiſſent vos ſouſpirs, & voſtre inquietude?

CELIMENE.

Eſt-il vn crime égal à ton ingratitude,
Traiſtre, aueugle, tyran de mes affections,
Tu recognois ainſi mes chaſtes paſſions.
Barbare, indigne objet du ſejour où nous ſommes,
Peſte de l'Vniuers le plus meſchant des hommes.

ALIDOR.

O Dieux! qui rend ainſi voſtre eſprit furieux?
Pourquoy me donnez-vous ces noms injurieux?

Dittes si ie vous porte à ce courroux extresme,
Et ie vous vangeray moy-mesme, de moy-mesme;
De cette propre main, ie veux percer ce flanc,
Et lauer à vos yeux mon crime de mon sang.

CELIMENE.

Ie ne vous parle pas, i'adresse ces injures
Au plus vil des mortels, au pire des parjures,
Qui meritoit le moins l'honneur de mon amour;
Et le plus beau pourtant qui respire le iour.

SCENE HVICTIESME.

FLORIDAN. FILANDRE. CELIMENE, ALIDOR.

FLORIDAN, sans se faire voir.

TV n'en peux plus douter, entens d'icy sa plainte,
Et louë auec moy cette agreable feinte.

CELIMENE.

Quelle rage est pareille à mon ressentiment?
Et qui me vangera de ce perfide Amant?
Si vous seruez, Monsieur, mon amour outragée,
Et si par vostre bras ie puis estre vangée;
Vous ne pousserez plus d'inutiles souspirs,
Mon inclination se range à vos desirs:

Vn mariage heureux terminera vos plaintes,
Si comme ſes ardeurs les voſtres ne ſont feintes.
Apportez-moy ſon cœur, c'eſt par cette action,
Que vous m'aſſeurerez de voſtre affection.
Qu'vn deffy genereux l'oblige de paroiſtre.
Las! vãgez mon affrõt, n'eſpargnez point vn traiſtre,
Fendez ce laſche ſein, que ie n'ay ſceu bleſſer.

FLORIDAN venant à elle.

Il m'obligeroit fort s'il s'en pouuoit paſſer.

CELIMENE.

Quoy tu parois encor, déteſtable parjure?
Et tu n'eſpere pas qu'on venge mon injure?

FLORIDAN.

Vous m'accuſez à tort, adorable beauté,
Filandre reſpondra de ma fidelité.
Il eſt l'vnique object de l'ardeur qui m'enflamme,
Il poſſede tout ſeul & mon cœur & mon ame.
Nos deſtins ſont vnis par vn meſme lien:
Et ſi quelqu'vn m'attaque, il deffendra ſon bien.

CELIMENE.

A-t'il perdu le ſens?

FLORIDAN.

Ouy, car i'ayme vn volage,

Qui trahissoit pour vous vne foy qui l'engage?
Mais il ressent enfin sa premiere amitié,
Et son iuste regret attire ma pitié.

CELIMENE.

Dieux! qu'il est insensé, croit-il estre vne femme?

FLORIDAN.

Iugez-le par mon sein.

CELIMENE.

O merueille! ô Madame!
Qu'vne agreable feinte a nos yeux abusez,
I'excuse maintenant si vous me mesprisez.

ALIDOR.

O Dieux! qui l'eust pensé?

FLORIDAN.

Pour bannir ma tristesse,
I'ay voulu dans ces lieux esprouuer mon adresse,
Et Filandre doutoit, sçachant vostre rigueur,
Que i'eusse assez d'attraits, pour toucher vostre cœur.
Par diuertissement, i'entrepris cette feinte,
I'ay signalé ma force, & vous estiez atteinte.
Mais quels sont vos desirs, & que puis-je pour vous?
Alidor vous promet des pesse-temps plus doux,

Et i'ay deu luy ceder, sçachant comme il vous ayme,
Tout ce que ie pretends en vostre amour extresme.
Si vous m'aymez encor, comme ie vous promets,
Que mon affection ne cessera iamais:
Que ie vous cheriray d'une ardeur eternelle,
Soyez sensible aux maux d'vn Amant si fidelle.

CELIMENE.

Oüy ie reçoy, Monsieur, vostre cœur de sa main,
Vous n'accuserez plus ny rigueur, ny desdain,
Me voylà disposée, à vous rendre iustice,
Et vous deuez ce bien à ce doux artifice.

FLORIDAN.

Que demandez-vous plus?

ALIDOR.

Cet vnique discours
Me pouuoit rendre heureux, & conseruer mes iours.
Apres mes longs ennuys ma joye est sans seconde,
Et ie passe en bon-heur, tous les Amans du monde.

CELIMENE.

Adieu retirons-nous, & viuons tous contens.

FLORIDAN.

Non non venez jouyr d'vn autre passe-temps,

Vostre sœur, à present, n'est pas sans compagnie,
Et ie la veux tirer d'vne peine infinie.

SCENE NEVFIESME.

LA NVICT.

FELICIE seule.

L'Ombre s'estend par tout, & le Soleil qui fuit
A cedé ses maisons aux filles de la nuit;
Que Floridan est long! que l'ardeur qui le presse,
Maintenant paroist fausse, ou lente en sa paresse!
Ie l'attendois là haut, mais enfin le soucy
De l'y mener sans bruit m'a fait descendre icy;
Chacun me croit au lit, ma Sœur est endormie,
Et ie puis maintenant tromper cette ennemie;
Iurant à ce Vainqueur vne impunable foy,
Et rangeant sa raison soubs vne mesme loy.
I'entends du bruit, c'est luy.

SCENE DIXIESME.

LYSIS. FELICIE.

LYSIS.

I'Auise ceste belle.

FELICIE.

Est-ce vous Floridan?

LYSIS.

Et vous m'estes fidelle?
Ie plais seul à vos yeux? vous m'aymez constamment?
Et ma ialouse humeur n'a point de fondement?

FELICIE.

O mal-heur, c'est Lysis!

LYSIS.

Floridan vient, Madame,
Receuoir du secours à l'ardeur qui l'enflamme;
Et pour vous diuertir, i'ay deuancé ses pas:
Vous le verrez bien-tost, ne vous ennuyez pas.

FELICIE.

Qu'est-ce que tu veux dire?

LYSIS.

O les ardeurs parfaictes,
Dont il recognoistra l'honneur que vous luy faictes!
L'incomparable Amant, qu'il a de passion!
Et que vous estes iuste en cette election!

FELICIE.

Que dit cét insensé?

LYSIS.

Faut-il que ie le die?
Le Ciel, ame sans foy, punit ta perfidie.
Floridan s'est mocqué, ce Vainqueur glorieux
Te faict seruir de fable aux Amans de ces lieux;
Il rit de tes faueurs, mesprise tes carresses,
Et ne te daigne mettre au rang de ses maistresses;
Le superbe qu'il est, ne considere pas,
Entre tant de beautez, de si foibles appas;
Il te plaint en son cœur, quand tu crois qu'il t'adore.
Voy cette lettre!

FELICIE.

O Dieux?

LYSIS.

Et tu m'aymes encore?

Ie me plaignois à tort, la constante beauté!
O miracle d'amour, & de fidelité!

FELICIE.

Il t'a donné la lettre?

LYSIS.

Oüy, luy-mesme, & ie jure,
L'esclat de tes beaux yeux qui m'ont fait ceste injure;
Qu'il traictoit ton amour auec tant de mespris,
Qu'vn courroux furieux enflammoit mes espris;
Ie ne le pouuois voir, ny souffrir son langage,
Et ie t'allois vanger, s'il eust dit d'auantage.
Je ne pouuois souffrir, qu'il aymast tes appas,
Et si i'estois fasché qu'il ne les aymast pas.
L'orgueilleux est charmé de certaine Carite,
Dont il iure que rien n'esgalle le merite;
Et pensant obliger ma chaste affection,
Il m'enuoye à sa place à l'aßignation;
Faicts estat maintenant du beau nœud qui t'areste,
Voy s'il t'est glorieux de vanger ta conqueste.

FELICIE.

Surprise à ce rapport, & reduite à ce poinct,
Que diray-je, ou plutost, que ne diray-ie poinct?
A quoy me resoudra le courroux qui m'enflamme?

Mais ce ressentiment m'oste la voix, & l'ame?

Elle s'euanoüyt.

LYSIS la soustenant.

Madame, ô Ciel! ô Dieux! où dois-je auoir recours?
Par quelle inuention luy donner du secours?
Madame vn mot, ô Dieux! ô fortune ennemye!
Dois-je appeller quelqu'vn? sa Sœur est endormie.

SCENE DERNIERE.

LYSIS. FELICIE. CELIMENE. ALIDOR.
FILANDRE. FLORANTE.

CELIMENE.

Non, non, ie ne dors pas.

FILANDRE.

Dieux! qu'est-ce que ie voy?

CELIMENE.

Cherchez du feu là haut: ma Sœur parlez à moy.
Ne m'entendez-vous pas? i'ameine ce perfide
Qui sur nos libertez si laschement preside.
Floridan est icy, punissons ses desdains;
Vangeons nous, estouffons cette horreur des humains;

Ne le voyez-vous pas?

FELICIE reuenant de sa pasmoison.

Ha perfide! ha parjure!
I'assouuiray ma rage, & vangeray l'injure.

A Alidor luy voulant oster son espée.

Donnez, prestez ce fer, que i'arrache son cœur,
Et que ie foulle aux pieds ce superbe Vainqueur.

FLORANTE.

Qu'est-ce? que voulez-vous?

FELICIE.

Ce que ie veux infame?
Laissez, donnez ce fer, ou m'en arrachez l'ame.
Mon affront vous plaist-il? & me deniez-vous
Le moyen d'alleger vn si iuste courroux?

FLORANTE.

Quoy vous est-ce vn affront que mon indifference?
Qu'est-ce qu'vn incognu doit à vostre esperance?
Dois-je aymer à la fois mille ieunes beautez,
Dont mes yeux, sans dessein, forcent les libertez?
Esperez-vous l'effect de mes vaines promesses?
Et voullez-vous qu'vn homme espouse cent maistresses?

ALIDOR.

L'aymable passe-temps!

CELIMENE.

Ha! ma Sœur, c'est assez
Auoir de vains discours vos desirs trauersez.
Floridan vous adore, & quoy qu'il dissimule,
L'effect vous prouuera le beau feu qui le brusle:
L'honneur de vos baisers est son bien le plus doux,
Et cette mesme nuict il couche auecque vous?

FELICIE.

Ce qui vous sera bon, ne l'offrez point à d'autres,
Et ne preferez point mes interests aux vostres.
Qui vous charge ma Sœur, d'vn semblable soucy,
Et quelle humeur vous porte à me parler ainsi?

CELIMENE.

Comment? vous desdaignez ces faueurs infinies,
Vostre cœur, a desia ses passions bannies,
Vostre flamme est esteinte, & vos fers sont vsez?
Ie l'accepteray donc, si vous le refusez.
ça prenons cent baisers sur cette belle bouche,
Ie suis à vous, Monsieur, & vous offre ma couche.

FE-

FELICIE.

Elle a perdu l'esprit! Dieux qu'est-ce que i'entends?

CELIMENE.

Ie parle tout de bon.

FILANDRE.

O le doux passe-temps!

FLORIDAN.

Madame, i'ayme aussi cette rare merueille,
Et pour vos deux beautez mon ardeur est pareille.
Vous deuez toutes deux accorder à mes maux
De pareilles faueurs, & des plaisirs égaux.

FELICIE.

Que dit cét insensé?

FLORIDAN monstrant son sein.

Dittes cette insensée,
Voyez par quelle erreur, i'ay vostre ame blessée,
Approuuez comme nous ce diuertissement,
Puis-je pas auec vous coucher innocemment?

FELICIE.

O Dieux! ie doute icy, si ie voy la lumiere?

CELIMENE.

Il se faut consoler, i'ay failly la premiere,

Ie la croyois vn homme, & tous l'ont estimé;
Certes vn tel Amant deuroit bien estre aymé.
Mais reprenez Lysis.

LYSIS.

O merueille incroyable!

FELICIE.

Que ie reste confuse! ô l'erreur agreable!
Excuse, cher Lysis, mon infidelité,
Ou bien de cette offence accuse sa beauté.

LYSIS.

Luy dois-je ce pardon? Madame, pour vous plaire,
Et pour me plaire aussi, ie force ma cholere.
Ie rends mes premiers vœux à ses diuins appas,
Mais à condition de n'y retomber pas.

FILANDRE.

Et moy? tous mes desseins retournent à Florante.
I'aymeray constamment cette beauté charmante.

à Celimene.

Ie ne troubleray plus vostre contentement,
Vous n'accuserez plus vn importun Amant.
Cherissez Alidor, dont le merite extresme,
Doit à sa passion acquerir ce qu'il ayme.
Vous luy deuez des vœux ayant causé son mal,
Et ce parfaict Amant n'aura plus de riual.

CELIMENE.

I'ay promis de l'aymer.

ALIDOR.

O faueur sans pareille!

FILANDRE, à Florante.

Me pardonnez-vous pas agreable merueille?

FLORIDAN.

I'en doute, & cette nuict me donnera conseil.

à Lysis, & Alidor.

Et bien esperiez-vous vn changement pareil?
Et quand vous songerez à ces effects estranges,
Me refuserez-vous d'eternelles loüanges?

LYSIS.

Adorable beauté, pardonnez à l'erreur,
Qui m'a causé tantost, cette aueugle fureur.
Ie vanteray par tout cette feinte agreable.

ALIDOR.

Nous vous sommes tenus d'vn bien incomparable.

FLORIDAN.

Adieu retirons-nous, & demain tout le iour,
Il faut sacrifier au pouuoir de l'amour.

CELIMENE.

Il est bien tard, Adieu.

FLORIDAN dit à Lysis.

Menez-moy chez ma Tante,
Cette nuict va changer Floridan à Florante.

FIN.

Extraict du Priuilege du Roy.

PAr grace & Priuilege du Roy donné à Roye, en datte du dernier Septembre, 1636. Et Signé, Par le Roy en son Conseil. DE MONSSEAVX, Il est permis à ANTOINE DE SOMMAVILLE, Marchand Libraire à Paris, d'imprimer ou faire imprimer, vendre & distribuer vne piece de Theatre de la composition du Sieur de ROTROV, intitulée LA CELIMENE, durant le temps & espace de sept ans, à compter du iour qu'elle sera acheuée d'imprimer. Et deffences sont faictes à tous Imprimeurs, Libraires, & autres, de contrefaire ladite piece, ny en védre ou exposer en vente de contrefaicte, à peine de trois mille liures d'amende, de tous ses despens, dommages & interests; ainsi qu'il est plus amplement porté par lesdites Lettres qui sont en vertu du present Extraict tenuës pour bien & deuëment signifiées, à ce qu'aucun n'en pretende cause d'ignorance.

Ledit Sommauille a associé au Priuilege cy dessus Toussainct Quinet aussi Marchand Libraire, pour moitié, suiuant l'accord à cét effect faict entr'eux.

Acheué d'imprimer le 8. Octobre, 1636.

www.ingramcontent.com/pod-product-compliance
Ingram Content Group UK Ltd.
Pitfield, Milton Keynes, MK11 3LW, UK
UKHW031914260826
14628UKWH00003B/1180

9 782014 446937